KB034571

이 멋진 세계에 축복을! 엑스트라

저 어리석은 자에게도 각광을! 4

무승전패의 갬블러

저 어리석은 자에게도 각광을! 4 무승전패의 갬블러

CONTENTS

무승전패의 갬블러

히루쿠마 지음
유우키 하구레 일러스트
이승원 옮김

직업 위저드

더스트의 파티 멤버. 툭하면 문제를 일으키는 더스트의 보호자 취급을 당하고 있다.

직업 전사

액셀 마을에서는 꽤 이름이 알려진 모험가 같다. 그에 관한 묘한 소문도 돌지만 진상을 아는 이는 없다.

융융

직업 아크 위저드

마법사로서의 실력은 대단하지만 항상 솔로로 활동한다.

로리 서큐버스

직업 점원

남성 모험가들에게 꿈을 제공하는 서큐버스 가게의 점원. 성격상 남에게 잘 휘둘리는 편이다.

프롤로그

지하에 위치한 카지노에서 나는 꼬맹이와 마주 앉았다.

주위에는 도박에 쓰이는 온갖 도구가 다 있었다.

꼬맹이의 뒤편에는 중무장을 한 건장한 호위가 있었다. 이곳에서 함부로 행동을 했다간 바로 제압당할 것이다.

나는 약간 긴장한 건지 무의식적으로 애용하는 검을 쓰다듬었다.

벽 쪽에는 팬티 한 장만 걸친 테일러가 당당히 서 있었고, 마찬가지로 팬티 차림인 키스는 퉁명한 표정을 짓고 있었다.

속옷이나 다름없는 옷을 입은 린은 몸을 감추려는 건지 로리 서큐버스의 뒤편에 숨어서 나를 쳐다보고 있었다.

이제부터 나는 눈앞에 있는 꼬맹이와 한판 승부를 벌여야 한다.

이기면 문제될 것이 없지만 만약 진다면…….

내가 룰을 간단히 설명해주자 꼬맹이는 이해한 것 같았다.

"좋아. 한 장만 뽑으면 되는 거지?"

건방지다는 말의 표본 같은 이 망할 꼬맹이가 카드를 한

장 뽑았다.

자기가 질 거라고는 전혀 생각하지 않는 태도다. 도박에 꽤 자신이 있는 것 같았다.

나도 카드를 향해 손을 뻗었으나 뽑기 직전에 머뭇거렸다.

갑자기 입을 다문 로리 서큐버스가 신경 쓰여서 옆을 바라보니 그녀는 눈을 꼭 감은 채 기도하는 듯한 포즈를 취하고 있었다.

나도 덩달아 기도를 할까 했지만 그냥 관뒀다.

"진짜를 만난 적도 있으니 기도가 통할 수도 있지만…… 관둘래."

나는 눈앞에 깔려 있는 열두 장의 카드를 지그시 쳐다보았다.

나는 그 중 하나를 정한 후 손가락을 뻗었다.

솔직히 말해 불안이 엄습했으나 믿어볼 수밖에 없다. 내 악운을—.

"나는 이 카드로 하겠어!"

카드를 고르자 왕자는 고개를 살짝 끄덕였다.

"우선 나부터 뒤집도록 할까. 그대로 되겠지?"

"선수는 양보하겠어."

나는 즉시 그렇게 대답했지만 카드 위에 놓인 내 손에는 땀이 배여 있었다.

이제 와서 꽤 긴장되는 것 같았다.

메마른 목을 조금이라도 축이기 위해 침을 삼켰다.

괜찮다. 분명 괜찮을 것이다.

나는 그런 생각을 하면서 상대방의 카드를 응시할 수밖에 없었다.

상대방이 천천히 뒤집은 그 카드는 바로—.

제1장 저 고지식한 녀석에게도 봄이 오다

1

모험가 길드에서 여자 엉덩이를 쳐다보고 있는 키스, 그리고 아직도 채소 스틱을 씹고 있는 린을 발견한 나는 그 두 사람에게 다가갔다.

오늘도 내 지갑은 바람에 휘날릴 정도로 가벼우니 두 사람에게 점심을 얻어먹도록 할까.

"여어~. 키스, 오늘은 평소보다 더 멋져 보이는걸. 캬~, 역시 인기남은 오라가 다르네. 그러니까 돈 좀 빌려줘."

"……아부를 할 거면 좀 진심을 담아서 해봐."

키스는 턱을 괴면서 어이없다는 표정을 지었다.

아무래도 작전은 실패로 돌아간 것 같았다. 단어 선정을 실수한 걸까. 현실과 동떨어진 노골적인 거짓말이라 들통난 것 같았다.

뭐, 됐어. 봉이라면 한 명 더 있거든.

"어라. 린, 오늘은 기분이 좋아 보이네. 피부도 탱글탱글하잖아. 혹시 막힌 게 뻥 뚫린 거야? 요즘 변비인 것 같다고—."

“『라이트닝』!!”

“우오오오!”

큰일 날 뻔 했네……. 나는 다짜고짜 날아온 번개를 종이 한 장 차이로 피했다.

내가 피한 번개는 열려 있는 창문을 통해 하늘로 날아갔다.

“인마, 느닷없이 마법을 쓰지 말라고!”

“식사 중인 여자애한테 그런 소리를 한 네가 나빠.”

“저기~, 길드 안에서는 마법을 쓰지 말아주세요.”

우리가 눈싸움을 벌이자, 모험가 길드의 접수원 중 가장 인기가 많은 루나가 머뭇거리며 끼어들었다. 오늘도 풍만한 가슴이 탄력 있게 흔들리고 있는걸.

“그래, 더 따끔하게 말해줘! 거유 님의 말씀이라면 들을지도 모르잖아! 절벽 가슴 주제에 거유 님의 말씀을 거역하지 말라고 딱 잘라 말해주란 말이야!”

“이 자식……. 다음에는 명중시켜야지. 그리고 길드 측에는 미안해. 일단은 길드에 피해가 나지 않도록 조절해서 쏘는 거야.”

마법이 창밖으로 나간 것은 우연이 아니라 의도적으로 그런 건가.

“뭐, 그럼 괜찮지만요.”

“납득하지 마! 뭐가 괜찮다는 건데?! 나한테 명중했다간, 믿음직한 모험가 한 명이 재기불능이 될지도 모른다고. 길드로서는 엄청난 손해잖아!"

"예? 실력은 우수하지만, 더스트 씨가 문제를 일으키지 못하게 된다면…… 이해득실을 따지면 이득일 것 같네요."

루나는 태연한 어조로 그렇게 엄청난 발언을 입에 담았다.

"마법이 명중한다면 근처에 있는 의자와 책상이 박살날 거라고. 린, 네가 변상해야 할 거야."

"나는 더스트가 내 마법을 피할 거라고 믿거든."

어이, 기도하는 포즈를 취하면서 나를 쳐다보지 마.

"너, 눈곱만큼도 그렇게 생각하지 않는 거지……?"

"아무튼, 싸움은 밖에서 해주세요."

루나는 그렇게 말한 후 다시 일을 하러 갔다.

……모험가 길드의 직원이면 싸움을 말리라고.

"아무튼, 돈을 빌려줄래? 아니면 밥을 사줄래?"

"너, 이런 상황에서도 우리가 네 밥을 사줄 거라고 생각하는 거냐……."

"진짜 뻔뻔하네."

"훗. 리더인 나한테 밥을 사준 사람은 파티 안에서의 지위를 보장해주지. 너희의 행동 여하에 따라서는 서브 리더로 임명해줄 수도 있어."

나는 의기양양한 표정으로 그렇게 말했고 두 사람은 한숨을 내쉬었다.

왜 저런 반응을 보이는 거지.

"너, 술을 마시지 않고도 취할 수 있는 거야? 우리 파티의 리더는 테일러잖아. 전에 그러기로 정한 걸 벌써 잊은 거야?"

"더스트가 리더라면 우리 파티는 옛날 옛적에 해산됐을 거라고."

"……어, 진심으로 하는 소리야? 이 파티의 진정한 리더는 믿음직한 더스트 님 아니었어?!"

나는 뜻밖의 말을 듣고 아연실색했다.

퀘스트 수주와 보수 수령은 테일러가 맡고 있지만, 어디까지나 귀찮은 일을 자처해서 맡아주고 있는 것뿐이라고 생각했는데 말이야.

리더로 치켜세워주며 귀찮은 일을 전부 떠넘기고 있는 줄 알았다고.

"그럴 리가 없잖아. 너한테 리더를 맡기는 건 자살행위나 다름없거든?"

"네가 리더가 될 수 있는 건 감옥 안에서 뿐일걸?"

"거 되게 신랄하네! 헉, 그런데 그 믿음직한 리더 님은 어디 있는 거야?! 중요한 회의에 참여하지 않는 건, 직무태만 아니냐고!"

테이블을 내려친 나는 주위를 둘러보고 그렇게 외쳤다.

"이 한심한 대화가 무슨 중요한 회의라는 건데?"

평소 같으면 누구보다 먼저 길드에 와서 퀘스트를 확인하고 있을 테일러가 오늘은 보이지 않았다. 길드를 구석구석까지 살펴봤지만 그는 없었다.

"그런데 테일러가 요즘 바쁜 것 같지 않아? 길드에도 잘 오지 않는 것 같더라고."

"……그러고 보니 키스나 린과는 자주 마주쳤지만 테일러는 며칠 동안 못 본 것 같은데……."

키스의 말을 들을 때까지는 눈치채지 못했는데, 그 녀석과 마지막으로 만난 게 며칠 전이더라?

며칠 전에 누군가와 같이 있는 모습을 본 것도 같은데 말이야. 그때는 술에 완전히 취했었기 때문에 기억이 나지 않네.

"너희와 다르게 테일러는 바빠."

린은 우리를 쳐다보며 히죽거렸다. 방금 그 의미심장한 발언은 뭐지?

"그게 무슨 소리야? 린은 테일러가 바쁜 이유를 아는 거야?"

"역시 너희는 눈치 못 챘나 보네."

"어이, 무슨 소리야? 혼자 납득하지 말고 가르쳐줘."

"맞아. 동료 사이에 비밀을 만들지 말라고."

나는 키스의 말을 듣고 뜨끔했다.

나를 두고 한 말인가 싶어서 몸이 반응했다. 언젠가 내 비밀을 이 녀석들에게 이야기해야 하는 날이 올지도 모른다.

……뭐, 그것과 이것은 엄연히 다른 이야기지만! 테일러의 비밀을 반드시 알아내고 말겠어.

"요즘 들어서 친하게 지내는 여자 모험가가 있는 것 같아."

나는 그 말을 듣고 아무 말 없이 키스와 시선을 마주했다.

키스는 미간을 찌푸리며 언짢은 표정을 짓고 있었다. 아마 나도 똑같은 표정을 짓고 있으리라.

"으음, 귀 청소를 해야겠네. 이상한 환청이 들렸어."

"더스트도 그래? 커다란 귀지라도 생겼나 보네."

나와 키스는 귀를 판 뒤에 다시 린을 쳐다보았다.

"다시 말해봐."

"귀여운 여자 후배 모험가와 친해진 것 같아."

""……뭐어어어어엇?!""

그 믿기지 않는 내용을 들은 순간, 입에서 절규가 터져 나왔다.

그 고지식한 테일러한테 여자가 생겨?!

"농담하지 마! 그 고지식하고 여자와 담 쌓은 게 자랑거리인 테일러가 말이야?! 키스한테 여자가 생겼다는 게 차라리 납득이 될 거라고!"

"테일러는 그런 걸 자랑거리로 삼은 적이 없을걸?"

"아니, 잠깐만 있어봐. 좀 이상하잖아! 테일러한테도 봄이 오면, 나는 어쩌냐고! 더스트도 여자와 인연이 꽤 있는 편인데, 나만 솔로로 남겨지는 거 아냐?!"

나와 키스는 머리를 감싸 쥐고 절규를 토했지만 린은 차가운 눈길로 우리를 쳐다보았다.

동료 중 한 명이 우리를 배신했을지도 모르는데, 이 녀석은 왜 이렇게 차분한 거지?

"린은 왜 그렇게 태연한 거야? 솔로 동맹에 금이 갈지도 모르는 상황이라고."

"그런 동맹에 들어간 적 없거든? 그리고 잘된 일 아냐? 너희와 사귀려는 사람이 있다면 제정신인지 의심부터 하겠지만, 테일러라면 납득이 되거든."

"뭐가 납득이 된다는 건데?! 우락부락하고 퉁명한 그 녀석과 나 중에 한 명을 고르라면, 대부분의 여자들은 나를 고를 거야!"

키스가 침을 튀기며 열변을 토했고 나는 그를 엄호하기로 했다.

"맞아, 맞아! 테일러보다는 우리가 인기 있을걸?! 다들 안 그래?!"

주위에 있는 모험가들이 귀를 쫑긋 세우고 우리 이야기를 훔쳐듣고 있었기에, 나는 그들을 둘러보며 물었다.

"헛소리 하지 마. 너희보다는 테일러가 훨씬 좋은 남자라고."

"맞아. 키스나 더스트와 사귈 바에는 아쿠시즈교에 입교하는 편이 나아."

"그래. 너희보다는 고블린이 더 성실할걸?"

이, 이 자식들, 멋대로 지껄여대기는…….

입을 다물고 있던 녀석들도 이 분위기에 편승하면서 우리를 향해 비판과 불평을 늘어놓았다.

또한 뒤편에서 듣고 있던 길드 직원 전원이 고개를 끄덕였다.

"이 자식들아! 아쿠시즈교에 입교하겠다는 소리를 한 걸 연회 프리스트에게 일러바칠 거니까 각오하라고! 그리고 키스, 너도 입 다물고 있지 말고 무슨 말 좀 해봐!"

"우리는 이렇게 평판이 나빴구나……."

아, 키스가 제대로 충격을 받은 건지 그대로 무너지듯 바닥에 주저앉았어.

나도 정신 쪽에 대미지를 많이 받았지만 키스처럼 치명상을 입지는 않았다.

요즘 들어 융융과 로리 서큐버스에게 하도 독설을 들었더니 내성이 생긴 것 같다. ……눈곱만큼도 기쁘지 않네.

그건 그렇고, 이 녀석들은 진짜 별의별 소리를 멋대로 늘어놓네. 좋아. 키스를 감싸주는 척하며 협박을 해서 돈이라도 뜯어내볼까.

"그만해! 키스 군이 울고 있잖아! 너희는 인간도 아냐! 이 쓰레기들아! 잘못했다고 생각하면 나한테 돈을 빌려주거나, 밥을 사달라고!"

나는 불쌍한 키스를 꼭 끌어안으면서 그렇게 외쳤다.

내가 상대방의 양심에 호소하자 다들 동시에—.

""""흥.""""

코웃음을 쳤다.

"쓰레기라는 건 돈을 빌려놓고 갚지 않을 뿐만 아니라, 돈을 더 빌리려고 드는 녀석을 가리키는 말이지."

"게다가 돈을 갚아달라고 하면 적반하장 식으로 화를 낸다고. 빨리 돈이나 갚아!"

"전에 경찰서에서 자기 이름 말고 내 이름을 댄 적도 있어!"

젠장, 더 독설을 쏟아내네.

아무래도 상황이 나쁘게 흘러가고 있는 듯했다. 이야기를 돌리지 않았다간, 과거에 내가 저지른 악행을 전부 언급할 것 같았다.

"그, 그것보다, 테일러와 친하다는 여자에 대해 아는 녀석은 없어?!"

나는 이 분위기를 뒤집기 위해 큰 목소리로 그렇게 외쳤고 다들 입을 다물었다.

아무래도 짚이는 구석이 있는 건지 「아, 그 애 말이구나」, 「전에 본 적 있어」 하고 몇 명이 중얼거렸다.

"자세한 건 모르지만 요즘 들어 테일러가 신입 모험가와 같이 다니더군. 모험가의 마음가짐 같은 걸 가르쳐주는 것 같더라고. 오지랖 넓고 사람 좋은 녀석이라니깐."

이 길드의 고참 모험가가 턱을 매만지면서 그렇게 말했다.

그 발언이 방아쇠가 된 것처럼, 다른 녀석들도 테일러와 여자 모험가가 함께 있는 모습을 봤다는 목격 증언을 늘어놓았다.

"진짜였던 거냐……. 젠장, 너무하네. 그런 건 동료인 우리한테 가장 먼저 이야기해야 하는 거 아니냐고. 키스, 안 그래?"

내가 키스에게 그렇게 말하자, 무릎을 끌어안은 채 앉아 있던 키스가 그대로 옆으로 풀썩 쓰러졌다.

"아무래도 상관없어……."

이 녀석, 내 예상보다 훨씬 심각한 대미지를 입은 것 같군. 한동안 아무 짝에도 쓸모가 없겠어.

"뭐, 그러니까 한동안 그냥 내버려둬."

"이 바보야! 우리의 소중한 리더에게 여자가 생길지도 모른다고. 동료로서…… 축하해줘야 하지 않겠어? 크크크큭."

"사악한 표정 좀 짓지 마. 테일러한테 좀 미안한 짓을 한 것 같네."

여자에게 익숙하지 않은 테일러의 안목이 흐려진 것은 아닌지, 내가 똑똑히 확인해주지. 리더에게 어울리는 상대인지 아닌지 알아보도록 할까.

신입 모험가에 관한 것이라면 길드 직원에게 물어보는 게 가장 좋겠지만 나한테 타인의 개인정보를 알려줄 리가 없다. 그렇다면, 길드 내부의 소문이나 정보에 훤한 녀석에게 물어보면 된다.

그런 쪽으로 믿음직한 녀석이 있기는 했다. 그 녀석이라면 길드 직원 다음으로 이 모험가 길드에 머무는 시간이 길 것이다.

2

"여어, 융융. 궁극의 고독에 도달한 너한테 물어볼 게 있어."

웬일로 길드에 없던 융융이 나 이외의 다른 이에게 들키지 않고 모험가 길드 안으로 들어와서, 나는 그녀에게 다가가 말을 걸었다.

"그런 멋들어진 호칭은 홍마족의 심금을 울리지만, 그래도 이제 속지 않을 거예요. 무릎 꿇고 빌어봤자 돈은 안 빌려줄—."

"오늘은 돈 빌려달라는 부탁을 하려는 게 아냐. 돈을 빌려준다면 언제든 환영이지만 말이지. 그것보다 테일러에 관한 소문에 대해서 아는 거 없어?"

"아, 테일러 씨 말인가요?! 혹시 요즘 친하게 지내는 모험가에 관한 거라든가요?"

융융의 목소리가 밝아진 것은 그녀가 이런 연애 이야기를 좋아하기 때문이다. 이 녀석 본인은 연애와 완전히 담을 쌓았지만 남의 연애에는 엄청 관심이 많거든…….

"맞아. 그 녀석은 연애 같은 것에는 인연이 없었어. 그래서 이상한 여자에게 속고 있는 건 아닌가 걱정되네. 혹시 아는 게 있으면 사소한 거라도 알려줬으면 해…… 하고 린이 말했어."

"린 씨가 말인가요?"

내 이름을 대면 수상하게 여길지도 모르지만 린을 언급한다면 이야기는 달라진다.

요즘 들어 접점이 늘면서 이야기를 나눌 기회도 늘어난 린의 부탁이라고 둘러대면 친구에 굶주린 융융의 입도 가벼워질 것이다.

"그래. 린은 동료와 친구를 아끼거든. 테일러가 나쁜 여자에게 놀아나는 건 아닌가 걱정되어서, 그 조그마한 가슴이 아픈가 보더라고. 혹시 네가 귀중한 정보를 준다면, 정말 기뻐할 거야~."

"제가 아는 건 전부 이야기해줄 테니까, 뭐든 물어보세요!"

융융은 콧김을 뿜으며 얼굴을 쑥 내밀었다. 진짜 다루기 쉬운 녀석이라니깐.

"테일러와 가깝게 지낸다는 여자 신입 모험가에 관해 뭔가 아는 건 없어?"

"으음, 보름 전까지는 길드에서 한 번도 본 적이 없는 사람이에요. 그 후로 길드에 빈번히 와서 퀘스트 종이를 힐끔힐끔 쳐다보며 길드 안을 관찰하더라고요."

"관찰?"

"예. 신입 모험가라면 친구가 될 수 있을지도 모른다 싶어서 계속 주시했었으니까, 틀림없어요. 긴장한 눈길로 모험가들을 열심히 쳐다봤어요."

길드에 들어올 때는 의기양양하던 초보자 모험가가, 길드에 들어온 뒤 겁을 먹고 우물쭈물하는 일은 흔했다.

그런 신입을 뚫어져라 관찰하는 융융의 모습은 꽤 기분 나쁘지만 그래도 말하지 않는 편이 좋을 것이다.

"그리고 한 일주일 전일 거예요. 테일러 씨가 그 신입 모험가와 함께 길드에 돌아왔어요. 제 근처에 앉은 그 두 사람의 대화가 들렸…… 아, 몰래 훔쳐들은 건 아니거든요?! 그런 무례한 짓은 안 해요!"

"그런 건 아무래도 상관없거든? 중요한 건 대화 내용이야. 설마 둘이서 노닥거리며 음담패설을 나눈 건 아니지?"

"더스트 씨도 아니고, 그런 짓을 할 리가 없잖아요. 으음, 신입 모험가 분이 혼자서 몬스터와 싸우고 있을 때, 테일러 씨가 도와준 것 같아요. 그 일을 계기로 모험가로서의 마음가짐을 가르쳐주게 된 것 같았어요. 테일러 씨는 참 상냥한 분이네요."

그래. 그 녀석은 오지랖이 넓긴 하지.

아마 그냥 두고 볼 수가 없었던 것이리라.

그렇다면 그냥 사제지간에 가까운 걸까. 괜히 질투한 걸지도 모르겠는걸.

"선후배 관계네. 뭐, 그러면 용서해주도록 할까. 나중에 나한테도 소개해준다면 말이지."

"왜 그렇게 거만하게 구는 거죠? 아무튼, 그 신입 분은 왠지 테일러 씨에게 반한 눈치였어요. 사랑에 빠진 소녀의 눈길이 틀림없었다니까요!"

"……그냥 선배 모험가를 동경하는 거 아냐?"

"으음, 그렇지는 않아 보였는데요……."

테일러를 좋아하는 소녀인가.

용, 납, 못, 해.

아마 그 신입은 길드에 나 같은 멋진 모험가가 있는 줄 모르고 우연히 자신을 도와준 테일러를 좋은 남자라고 착각한 것이다. 틀림없어!

"왜 갑자기 입술을 깨무는 거예요?"

"그 신입의 인상은 어땠지?"

"길고 아름다운 흑발을 지닌 미인이었어요. 그리고 전체적으로 가냘픈데도 몸매가 끝내줬어요!"

"죽여 버리겠어!"

"가, 갑자기 왜 그러는 거예요?!"

무심코 마음의 목소리가 튀어나왔다.

테일러 자식, 자기만 재미를 보고 있는 거냐. 미인에 몸매가 끝내주는 누님? 내 주위에는 가슴이 빈약한 녀석들뿐인데다, 유일하게 발육이 좋은 애라고는 만년 외톨이 꼬마뿐이라고…….

"어디를 쳐다보는 거죠? 성희롱으로 고소할 거예요!"

융융이 자신의 가슴을 손으로 가리자 나는 「흥」 하고 코웃음을 쳤다.

이렇게 되면 그 신입 모험가를 만난 뒤 별의별 소리를 다 해서 훼방을 놔야겠다.

"좋아! 조사하러 가자! 융융도 따라와. 어차피 한가해서 하루 종일 여기 앉아 쓸쓸히 혼자 놀 거잖아?"

"하, 한가하지는 않지만 신경이 쓰이니까 따라갈래요."

린에게도 같이 가자는 말을 할까 생각했지만 그 녀석이라면 나를 방해할 것 같으니까 관두기로 했다. 키스는…… 여전히 바닥에 축 늘어져 있으니 방치하기로 할까.

3

테일러와 신입 모험가의 행선지는 금세 알 수 있었다. 융융이 루나에게 물어보니 바로 답해준 것이다. 내가 물어봤을 때는 모른다고 했으면서…….

액셀 마을 인근의 손쉬운 몬스터 토벌 퀘스트를 수주한 후, 둘이서 사이좋게 외출한 건가.

"모험을 통해 싹트는 사랑인가요. 멋지네요."

"무슨 소리를 하는 거야. 그런 게 존재할 리 없잖아. 몬스터 토벌은 목숨을 걸고 하는 거라고. 그런 경박한 마음가짐으로 임해도 되는 게 아니야! 눈곱만큼의 방심 때문에 목숨을 잃을 수도 있다고!"

"……본심은 어떤가요?"

"나도 미인 누님에게 손짓발짓부터 차근차근 가르쳐주고 싶어! 그러다 내 손이 우연히 가슴에 닿았을 때 무심코 주무르더라도 화내지는 않겠지?"

나는 무심코 솔직하게 대답했다. 그러자 융융이 얼음장 같은 도끼눈으로 나를 응시했다.

큭, 유도신문에 걸려들고 말았군.

"더스트 씨는 저어어어어엉말, 못 말리겠네요. ……아, 저기 있어요!"

"젠장, 진짜로 꽤 괜찮은 여자잖아."

나는 방금 고함을 지른 융융을 커다란 나무 뒤편으로 끌고 갔다.

그리고 거기서 얼굴을 쑥 내밀어 두 사람을 살폈다.

그들은 우리를 발견하지 못한 것 같았다. 그리고 테일러는 신입 앞에서 몬스터를 상대하면서 열변을 토하고 있었다.

그 여자는 아까 들은 이야기와 똑같은 외모를 지녔다. 긴 흑발을 지녔고 가슴과 엉덩이의 볼륨 또한 끝내줬다.

신입 모험가라기에 좀 더 젊은 여자일 줄 알았는데 테일러와 비슷한 또래로 보였다.

적은 고블린 한 마리니까 우리가 가세할 필요는 없겠지. 좀 더 다가가서 몰래 이야기를 들어볼까.

우리는 나무 뒤편에 몸을 숨기며 몰래 다가갔다.

"여기서는 목소리도 들릴 거야."

"사랑 고백 같은 게 들리면 어떻게 하죠?!"

망상에 사로잡혀서 내 등을 손바닥으로 두드려대지 말라고. 저 녀석들이 그 소리를 들으면 어쩌려고 그래.

보아하니 몬스터를 쓰러뜨리는 법에 관해 진지하게 조언해주고 있는 것 같았다.

"크루세이더처럼 방어력이 뛰어나면 이렇게 적을 유인하는 역할을 맡겠지만 너는 더스트와 마찬가지로 전사지. 속도를 살려 적의 공격을 회피하는 것을 항상 염두에 둬."

"예! 알았어요, 테일러 사부님!"

어이, 사부님이라는 소리를 듣고 있잖아.

테일러는 잘난 척을 하듯 고개를 끄덕였고 기분이 썩 나쁘지 않아 보였다.

"어? 성실하게 전투를 치르고 있네요."

"테일러는 고지식하거든. 연애나 사랑 같은 거랑은 담을 쌓았어. 나는 저 녀석이 성실하게 신입 모험가를 가르치기만 할 거라 믿었다고."

"……아까 죽여 버리겠다는 소리를 하지 않았어요?"

"중증 외톨이라 이상한 환청이 들리기 시작한 거 아냐?"

"이, 이 사람은 정말……."

나는 뭔가 할 말이 있는 듯한 융융을 무시하고 상황을 관찰했지만, 몬스터를 쓰러뜨리는 법과 모험가의 마음가짐 같은 이야기만 나누고 있었기에 딱히 재미가 없었다.

내 옆에서 뜨거운 눈길로 저 두 사람을 쳐다보던 융융도 기대가 빗나간 탓인지 흥미가 가신 것 같았다.

"수고했어. 그럼 잠시 쉬도록 할까?"

"예!"

테일러에게는 순종적인 신입 모험가가 길쭉한 가방에서 돗자리를 꺼내어 지면에 깔더니, 두 사람은 그 위에 나란히 앉았다.

저 두 사람이 나란히 앉아서 차를 마시고 있으니 사이좋은 친구 같아 보였다.

"더는 내 지도도 필요 없겠지. 이제 비슷한 레벨의 동료를 찾아보도록 해."

"아, 예……. 하긴, 테일러 씨에게 폐를 더 끼칠 수는 없으니까요."

"그, 그런 뜻으로 한 말은 아닌데……."

신입 모험가가 안타까운 표정을 지으며 고개를 숙이자 테일러는 당황한 투로 그렇게 말했다.

내가 있는 곳까지 밀려오는 이 달콤쌉싸름한 분위기 때문에…… 짜증이 치솟았다.

"역시 호감을 가지고 있는 것 같네요! 저 쓸쓸해 보이는 얼굴을 보세요! ……왜, 왜 갑자기 옷을 벗어던지는 거예요?!"

"알몸으로 뛰쳐나가서, 저 신물이 날 정도로 달콤한 분위기를 박살내줄 거야!"

"그러지 마세요! 동료의 연애를 진심으로 응원해주자고요!"

"싫어! 타인의 행복만큼 짜증나는 것도 없거든! 특히 연애는 더 그렇다고!"

"지, 진짜 저질이네요! 저 두 사람의 사랑을 방해하게 둘 수는 없어요. 저 사람들을 방해할 거라면, 저부터 쓰러뜨리세요!"

융융이 나를 막아서더니 언제든지 마법을 쓸 수 있도록 전투태세를 취했다.

이 녀석은 남 일에도 아무렇지 않게 감정이입을 한다. 그래서 이용해먹기 쉽지만 이런 경우에는 정말 성가신 것이다.

"흥, 유감이지만 너는 이미 내 술수에 걸려들었어."

"그런 허세에 걸려들 것 같아요? 이번만큼은 저도 진심이라고요!"

"물러 터졌네. 이렇게 고함을 질러대는데, 저 녀석들이 못 들을 거라고 생각하는 거야?"

"앗!"

융융은 이제 와서 허둥지둥 손으로 입을 막았지만 이미 늦었다.

이렇게 큰 소리로 이야기를 나누면 좋든 싫든 눈치챌 것이 뻔하다.

뒤를 돌아보는 융융 때문에 그 두 사람이 보이지 않았기에, 나는 옆으로 몸을 쑥 내밀어 테일러와 신입 모험가를 쳐다보았다.

하지만 그곳에는 아무도 없었다.

"내가 융융과 다투는 사이에 장소를 이동한 거냐! 젠장, 어디에 간 거지?"

"앗, 잠깐만요! 저 두 사람을 방해하게 두지 않겠어요~!"

나는 필사적으로 쫓아오는 융융을 따돌리기 위해 전력으로 뛰면서 주위를 둘러보았지만 그 두 사람은 보이지 않았다.

이거, 액셀 마을로 돌아갔다고 봐야 하려나?

"젠장, 이렇게 되면 당초의 작전대로 그 여자를 찾아가서 테일러의 험담을 해주겠어!"

융융이 한참 떨어진 곳에서 쫓아오고 있었지만 나는 그녀를 못 본 척하며 액셀 마을로 돌아갔다.

4

액셀 마을에 도착하자마자 바로 모험가 길드에 가봤지만 테일러와 신입 모험가는 보이지 않았다.

키스는 테이블에 엎드린 채 꼼짝도 하지 않았고 맞은편에는 린이 앉아 있었다. 테일러가 같이 있지 않은 것을 보면 그 녀석들은 아직 길드에 돌아오지 않은 것 같았다.

그럼 이제 어떻게 한다? 두 사람이 식사를 하러 간 거라면 아마 대로 쪽을 지나갔을 것이다. 그렇다면 아저씨를 찾아가서 물어볼까.

"가, 같이 가요~."

융융이 숨을 헐떡이면서 내 어깨를 움켜잡았다.

따라잡혔군.

"어쩔 수 없네. 그럼 잡화점에 가자고."

도망치는 것도 귀찮으니 그냥 데리고 가는 편이 낫겠지.

"그래서 말인데, 테일러를 못 본 거야?"

"오늘은 가게 앞을 지나가지 않았지. 아가씨, 아직도 이딴 녀석과 같이 다니는 거야? 이 녀석은 타고난 쓰레기니까 빨리 인연을 끊는 편이 나을 거라고."

"그럴 것 같네요……."

진지하게 고민하지 말라고…….

나는 대로변에 위치한 잡화점에 들러서 테일러를 보지 못했는지 물어봤지만 잡화점 아저씨는 보지 못한 것 같았다.

"어이, 제대로 일도 안하고 가게 안에서 농땡이나 부린 거 아냐?"

"내 가게에서 내가 농땡이를 피우든 말든 그건 내 마음이야. 네가 왈가왈부할 일이 아니지. 그건 그렇고, 네가 말한 그 여자는 긴 흑발을 지닌 미인이지?"

"맞아. 가슴도 엉덩이도 커다란 게, 꽤 괜찮은 여자더라고. 혹시 짚이는 데라도 있어?"

"며칠 전에 귀금속과 장비품을 팔러 왔던 낯선 손님이 있었거든. 아마 우연이겠지만 네가 말한 그 여자와 특징이 일치하는군."

아저씨는 고개를 갸웃거리면서 이상한 말을 했다.

"그 이야기, 좀 자세하게 해봐."

"나흘쯤 전이었나? 꽤 값비싼 반지와 장식품, 그리고 사이즈가 제각각인 남성용 갑옷과 검 같은 걸 팔러 온 손님이 있었지. 물건을 팔러 오는 손님이야 널렸지만 이렇게 별의별 물건을 잔뜩 가지고 온 손님은 처음이었거든. 이 근처에서 본 적이 없는 미인이라 아직도 기억하고 있지."

……팔러 왔다?

모험가 중에는 무기나 방어구를 새것으로 사지 않고, 이곳에서 파는 중고를 사서 쓰는 이가 꽤 있다. 신입 모험가가 돈이 없어서 중고 무기나 방어구를 구입한다면 납득이 된다.

하지만 그 녀석은 팔러 왔다. 수상한걸.

"혹시 수상한 구석은 없었어?"

"나도 도난품을 취급하다 잡혀가고 싶지는 않거든. 신분을 증명할 만한 걸 보여 달라고 했더니, 모험가 카드를 보여주더라고. 딱히 수상한 구석은 없어서 그냥 매입해줬지."

"어떻게 된 거야……. 혹시 자기 신분을 보증해줄 게 필요해서 모험가가 된 건가……."

"으, 으음, 뭔가 일이 수상하게 굴러가고 있는 거 아닌가요?"

융융도 그 신입 모험가가 수상하다는 것을 눈치챘나.

"어이, 왜 그래? 왜 갑자기 그렇게 진지한 표정으로 생각에 잠기는 건데? 새로운 사기 방법이라도 생각난 거냐?"

"뭐?! 아, 후덥지근한 아저씨와 노닥거릴 때가 아니지. 잘 있으라고."

"어, 어이. 진짜로 제멋대로인 녀석이라니까……."

"죄송한데, 이만 실례할게요! 저기, 같이 가요~."

융융의 목소리가 등 뒤에서 들려왔지만 나는 무시하며 길을 나아갔다.

아무래도 조사를 해볼 가치가 있을 것 같았다.

테일러는 눈곱만큼도 걱정하지 않지만 만약 그 여자가 범죄자라면 잡아서 경찰에 넘기고 포상금을 받을 수 있을지도 모른다.

귀금속과 장비품을 어떻게 손에 넣었는지는 알 수 없어도 그걸 팔아서 돈을 얻었다면 갈 곳은 뻔했다.

도박, 술, 여자……. 아, 상대는 여자니까 여자는 빼도 되겠지. 그리고 쇼핑을 할 가능성이 있을까.

우선 단골 도박장에 가봐야겠다.

5

오랜만에 도박장에 가니 입구에 있는 험악한 보초가 들여보내주지 않았다.

"어이, 이 글자가 안 보이는 거냐?"

보초가 두꺼운 손가락으로 가리킨 쪽을 보니 종이 한 장이 붙어 있었다. 그 종이에는—.

『다른 손님에게 폐를 끼치는 무일푼 손님 사절. 특히 더스트는 출입 금지.』

—라고 적혀 있었다.

"이번에는 또 무슨 짓을 한 거예요?"

"아무 짓도 안 했어. 이게 무슨 짓이야? 내가 이 도박장에서 돈을 얼마나 쓰는지 알기나 해? 나도 손님이라고!"

"확실히 너는 도박을 못해서 툭하면 돈을 잃지. 그렇다고 돈을 딴 손님한테서 뜯어먹으려 하지 말라고! 그리고 여자 딜러를 헌팅하지도 마!"

"돈을 딴 손님을 내가 뜯어먹으면 돈이 공평하게 순환될 거라고. 그게 경제라는 거잖아! 그리고 미인한테 헌팅을 하는 건 예의 아냐?!"

"전에 딱 한 번 우연히 돈을 땄을 때는 그대로 내뺐지? 그리고 우리 가게의 딜러가 기분 나쁘게 치덕거리는 양아치 좀 어떻게 해달라며 불평을 한단 말이야."

뭐 이런 가게가 다 있어? 내가 두 번 다시 여기에 오나 봐라!

그리고 그 딜러, 한창 도박할 때는 달콤한 목소리로 「더스트 씨라면 분명 이길 거야」 같은 소리를 해서 거금을 걸게 했었다고.

"게다가 지금은 타짜 때문에 바쁘거든? 너 같은 녀석을 신경 쓸 틈이 없다고."

"그건 또 무슨 소리야?"

"액셀 마을에 있는 도박장에서 돈을 긁어모으고 있는 여자가 있어. 우리도 당했지. 그 여자한테 져서 거금이나 장비품을 빼앗긴 손님도 적지 않아."

"……그 여자에 대해 자세하게 가르쳐줘."

"왜 너한테……. 뭐, 좋아. 가르쳐줄 테니까, 발견하면 알려줘. 엄청 도박을 잘하는 여자였지. 연전연승을 하는 걸 보면 속임수를 쓰는 것 같던데, 그 수법을 알 수가 없어. 하지만 그 손놀림을 보면, 풋내기가 아닌 건 분명해. 동업자가 아닌가 의심하고 있는 중이야."

그 여자의 수법에 대해 좀 더 자세한 이야기를 들은 후, 나는 그 도박장을 나섰다.

그 후로 우리는 여러 도박장을 돌면서 같은 방식으로 정보를 모았다. 겸사겸사 알고 지내는 모험가한테서도 이야기를 들어봤다.

"아~, 내 친구의 친구가 전 재산을 털린 것 같아. 저금해둔 돈까지 전부 가져다 바쳤다더라고. 말주변이 좋은 데다 여자의 무기도 써먹을 줄 알더란 말이지. 생각만 해도 열불이 나네. ……친구의 친구라는 게 혹시 나 아니냐고? 무, 무슨 소리를 하는 거야! 그럴 리가 없잖아. 크하하하하하…… 하아…….”

“그 여자 말이구나……. 자기가 꼬리를 쳐놓고는 다른 남자한테 말을 걸지 뭐야. 그래서 따졌더니 「나와 승부를 해서 이긴 사람과 사귀겠어. 만약 내가 진다면, 나를 마음대로 해도 돼」 같은 소리를 하더라고. 그렇게 군침 도는 제안을 거부하는 사람이 어디 있겠냐고! 응?! 안 그래?! 남자라면 승부를 하는 게 당연하지 않아?!”

“울먹거리면서 병에 걸려 괴로워하는 여동생이 있다는 소리를 하는데, 도와주는 게 당연한 거 아냐? 뭐, 뭐어, 이걸 계기로 가까워질 수도 있지 않을까 같은 흑심을 아주 조금 품고 있기는 했지…….”

속아 넘어간 얼간이들에게서 얻은 정보를 통합해본 결과, 소문 자자한 타짜의 정체가 판명됐다. 테일러를 사부님이라고 부르는 그 신입 모험가가 틀림없는 것 같았다.

테일러 말고도 친하게 지내는 모험가가 꽤 있으며 그들이 그 여자에게 돈이나 귀금속을 바치고 있는 것 같았다. 게다가 상대에 맞춰서 다른 방법을 쓰고 있는 것이다. 진짜 질이 나쁜 여자다.

그 터질 듯한 몸매와 색기로 유혹할 때도 있는가 하면, 불행한 가족이 있다면서 정에 호소할 때도 있는 것이다.

걸려든 녀석들도 얼간이지만 상대방 또한 사기나 다름없는 짓을 했다.

그렇게 번 돈으로 고가의 옷과 보석을 사는 것 같았다.

"그 신입, 완전 악녀네."

"믿을 수가 없어요……. 그렇게 순수해 보이는 사람이……."

"여자는 겉모습만으로 판단하면 안 되거든. 술집 아가씨들은 돈을 뜯어대기만 하다 뜯어낼 돈이 없어진 남자는 아무렇지도 않게 버린다고. 하지만 상황이 요상하게 흘러가고 있는걸. 으음, 어떻게 한다?"

원래는 가벼운 마음으로 방해할 생각이었지만 여자 쪽에 이렇게 문제가 있을 줄은 몰랐다.

테일러에게 저 신입 모험가의 비밀을 털어놓으면 문제가 해결되겠지만…….

"어떻게 할 건가요? 테일러 씨에게 가르쳐주는 편이 좋지 않을까요? 다른 사람과 마찬가지로 돈을 뜯길지도 모른다고요."

"가르쳐줘서 어쩔 건데? 이런 건 속는 쪽이 나쁜 거야. 테일러가 돈을 뜯기더라도 그건 자업자득이라고."

"너무해요……. 그래도 동료인데……."

"하지만 기고만장해진 녀석의 콧대를 꾹 눌러주는 것도 재미있을 것 같지 않아?"

테일러를 위해서는 아니지만 멍청이들한테서 돈을 뜯어내고 희희낙락하고 있는 여자를 속이는 것도 나쁘지 않을 것 같았다.

악당을 속일 때는 인정사정 봐줄 필요가 없으니까.

6

“거기 아가씨. 그래, 아름다운 검은색 장발과, 확 덮쳐버리고 싶을 만큼 끝내주는 몸을 지닌 당신 말일세.”

“어, 나 말이야?”

피곤한 듯한 어조로 대답을 한 이는 예의 그 신입 모험가였다.

테일러와 있을 때와는 딴판으로 퉁명한 태도를 취하고 있었다.

“그래. 당신은 행운이 따르고 있는 것 같구먼. 그래서 말을 걸어본 거라네.”

내가 노인 같은 말투로 말을 하는 이유는 따로 있었다.

나는 현재 흰색 가짜 수염을 달고 동그란 안경을 쓰고 있었다.

그리고 저 여자가 자주 이용하는 옷가게로 이어지는 길목에서 점쟁이 같은 옷차림을 하고 그녀를 기다렸다.

“흐음, 행운이 따르고 있다는 거야? 뭐, 틀린 말은 아니네. 의외로 사람 보는 눈이 있잖아. 좋아, 복채를 낼 테니까 점을 봐줘."

"고마우이. 자, 여기 앉게."

나와 이 여자는 흰색 천을 깐 테이블을 사이에 두고 마주 앉았다.

가까이에서 보니 정말 군침이 돌 정도로 색기가 넘치는 여자였다.

테일러와 있을 때는 순수하고 활기 넘치는 신입인 척 했으면서, 정말 여자란 존재는 무시무시하다니깐.

"그럼 이 수정 구슬을 응시하게나. 그러면 나에게 당신의 과거와 미래가 보일 걸세. 으으음, 보이는구나! 당신은 모험가인 것 같구먼."

"이 옷차림을 보면 그 정도는 누구라도 알 수 있을걸?"

맞는 말이다. 가죽갑옷 차림에 검을 차고 있는데 모험가가 아니라면 위험한 녀석 혹은 무기 마니아다.

반응이 좀 그저 그렇지만 내 점술 실력은 이제부터 선보일 예정이다.

"오늘 아침, 어젯밤에 화장을 지우지 않고 잔 것이 생각나서 허둥지둥 화장을 지운 후에 아침 목욕을 했구먼. 몸은 발끝부터 천천히 씻은 다음 위쪽을 씻는 건가. 그리고 가슴을 특히 정성들여서…… 오오, 맙소사. 나리, 그 부분을 좀 더 상세하게 알려달라고."

"뭐?! 그걸 어떻게 아는 거야?!"

"허, 허, 허~. 그야 물론 내가 우수한 점술사라서 그렇지. 뭐든 다 보인다네. 지금 입고 있는 속옷의 색깔은…… 잔말 말고 그냥 가르쳐줘. 응? 어차피 나리한테는 다 보일 거 아냐."

"저기, 아까부터 고개를 숙인 채 무슨 소리를 하는 거야? 테이블 밑에 누가 있기라도 한 거야?"

그 여자는 미심쩍은 눈길로 나를 쳐다보았다.

좀 더 자연스럽게 행동해야겠네. 조심해야겠어.

"무슨 소리를 하는 건가? 테이블 밑에는 아무도 없다네. 그것보다, 계속 점을 보도록 하지. 이대로 가다간 곧 어마어마한 불행이 그대를 찾아올 거라네."

"불행? 흥, 농담 마. 호구 천지인 이 마을에 온 후로는 완전 잘나가고 있거든? 매일 호화롭게 지내고 있단 말이야."

욕망에 의해 일그러진 미소가 어리자 그녀의 아름다운 얼굴이 추해 보였다.

역시 테일러에게 보였던 모습은 가짜이고 이쪽이 본성인 건가.

"운이라는 건 시시각각 변하는 거라네. 방대한 행운을 손에 넣은 자에겐 반드시 반동이 찾아오지. 그것이…… 남을 속이고, 불행에 빠뜨려서 손에 넣은 것이라면 더 그렇다네."

"마치 내가 한 짓을 직접 보기라도 한 듯한 소리네……."

그녀의 얼굴에서 표정이 사라지더니 차가운 눈길로 나를

쳐다보았다.

“아하, 알겠다. 너, 나한테 도박으로 져서 돈을 뜯겼거나, 나한테 돈을 가져다 바친 바보들의 동료지? 유감이지만 나는 그런 말을 듣는다고 동요할 만큼 순진하지 않아. 나를 속이기엔 백 년은 이른 것 같네. 전생이라도 한 다음에 다시 찾아오는 게 어때?”

그녀는 그렇게 말하며 돌아섰고 나는 그 여자의 등을 쳐다보고 말했다.

“대지가 진동할 때, 그대에게 재앙이 찾아올 것이니라. 그것은 그대만이 느낄 수 있는 불행의 조짐. 절대 잊지 말게나.”

“그래. 너도 다음에는 좀 더 그럴 듯한 거짓말을 하도록 해.”

뒤돌아선 그녀는 손을 흔들면서 뒷골목으로 걸어갔다.

역시 믿지 않는걸. 하지만 조금 신경 쓰이기는 할 것이다.

나는 점술사 변장을 벗은 후 기지개를 켰다.

테일러는 아직 밑준비 단계라 실질적인 피해를 입지 않았지만 이대로 있다간 곧 그녀의 먹잇감이 된 녀석들과 동지가 될 게 틀림없다.

“나리, 도와줘서 고마워.”

나는 테이블을 덮은 흰 천을 걷은 뒤, 테이블 아래에서 무릎을 끌어안고 앉아있던 바닐 나리에게 고맙다는 말을 했다.

아까 점은 전부 나리가 내다보는 힘으로 알아낸 것이다.

나는 그 결과를 입에 담았을 뿐이다.

바닐 나리는 테이블 밑에서 나오더니 씨익 웃었다.

"후하하하하하! 흉계 하나는 교묘하게 잘 짜는 양아치여. 개의치 마라. 나는 이런 장난을 매우 좋아하지! 남을 속인다는 건, 악감정을 손에 넣을 절호의 기회이기도 하다. 그 점도 잊지는 않았겠지?"

"당연하잖아. 자~, 그럼 본격적으로 시작해볼까?"

"불행? 흥, 말도 안 돼. 저런 녀석이 나타난 걸 보면 일을 너무 크게 벌인 것 같네. 슬슬 이 마을을 떠나는 편이 좋을지도 모르겠어."

그 여자를 미행하며 혼잣말에 귀를 기울여보니 눈곱만큼도 반성하지 않는 것 같았다.

하지만 아까 했던 말과 달리 점의 내용을 신경 쓰는지 부스럭거리는 소리만 들려도 소스라치게 놀라며 뒤를 돌아보았고, 발치와 주위를 신경 쓰는 것처럼 보였다.

"그리고 대지가 진동할 때라는 건 또 뭐야? 이 근처에는 화산도 없는…… 어?!"

그 여자의 말을 부정하는 것처럼 폭음이 울려 퍼지면서 지면이 크게 흔들렸다.

"뭐, 뭐야?! 지진이야?!"

그 여자는 허둥지둥 바닥에 주저앉았지만 주위에 있던 사

람들은 전혀 개의치 않고 걸음을 옮겼다.

"어, 말도 안 돼……. 왜 다들 태연한 거야? 방금 그 진동과 소리가 느껴지지 않은 것처럼……. 혹시 나만 느낀 걸까?"

그제야 점의 내용을 떠올린 건지 그녀의 얼굴에서 핏기가 사라졌다.

그녀는 겁먹은 표정으로 열심히 주위를 둘러보고 있었다.

내가 손을 들어 올리자, 그 여자의 머리 위에서 대량의 액체가 쏟아지면서 그녀를 비에 젖은 생쥐 꼴로 만들었다.

"아, 차가워…… 이게 뭐야?! 끈적끈적하잖아?! 옷 안에 들어와서 기분 나빠! 자, 잠깐만 어디까지 흘러들어 가는 거야?!"

아쿠시즈 교도한테서 대량으로 받았지만 쓸 데가 없다며 융융이 나한테 떠넘겼던 우뭇가사리 슬라임을 그녀에게 뿌려봤는데…… 여러모로 음란한걸.

그녀는 허둥지둥 하늘을 올려다봤으나 구름 한 점 없는 맑은 하늘만이 펼쳐져 있었다.

먹구름 한 점 없는 하늘을 보고 겁먹은 그녀가 질펀하게 젖은 자신의 몸을 양손으로 감싸 안고 부르르 떨었다.

"어, 어떻게 된 거야……. 아까 그 점이 사실인 걸까?"

얼굴이 새파랗게 질린 그녀는 부리나케 걸음을 옮겼다.

순조로운걸.

"잘 되고 있어~?"

인근 건물의 옥상에서 키스가 고개를 내밀었다.

그 녀석은 방금까지 우뭇가사리 슬라임이 들어 있었던 양동이를 들고 있었다.

“그래. 타이밍이 완벽했어.”

“이 마을의 명물인 폭렬마법이 신호라서 알기 쉬웠거든.”

그 굉음과 진동은 정신 나간 폭렬걸이 일과 삼아 매일 날리는 폭렬마법에 의해 일어난 것이다.

액셀 마을의 주민은 이미 익숙해져서 전혀 개의치 않는다. 카즈마 일행은 어제까지 다른 곳에 갔던 건지 한동안 조용했던 것이다.

그 여자는 이 마을에 온지 얼마 안 된다. 그래서 액셀의 명물을 알 리가 없었다. 순조롭게 내 뜻대로 되어준다면 좋겠지만…… 혹시 모르니 손을 좀 더 써두도록 할까.

나는 여자가 사라진 방향을 쳐다보며 내달렸다.

대로에서 타깃을 발견한 내가 다가갔지만 그녀는 내 존재를 눈치채지 못했다.

태연하게 걸음을 옮기는 것처럼 보이지만 쉴 새 없이 고개를 두리번거리고 있었다. 아무래도 주위를 경계하고 있는 것 같았다.

“자~, 다음 포인트는…….”

나는 저 여자가 향할 만한 장소를 미리 파악해뒀다. 그리고 그 장소 전부에 손을 써둔 것이다.

단골 고급 레스토랑에 들어가는걸. 좋아~. 예정대로야.

나는 뒷문을 통해 가게에 들어간 후 주방에서 일하고 있던 요리사와 점원에게 눈짓을 보냈다.

그러자 그들은 일그러진 미소를 지었다. 요리사와 점원으로 분장한 이는 사실 저 여자에게 돈을 뜯긴 모험가들이었다.

이곳의 점장은 전직 모험가였는데 서큐버스 가게의 연간 반값 할인권을 주니 쾌히 가게를 빌려줬다.

"이 자식들아. 복수할 기회가 찾아왔다고. 준비는 해뒀겠지?"

"맡겨만 줘. 사나이의 수제 요리를 실컷 맛보여주지."

요리사 역할을 맡은 모험가가 자신만만하게 준비한 요리를 접객 담당으로 변장한 키스가 가지고 나갔다.

이번 작전에는 키스가 전면적으로 협력해줬다. 「테일러를 위해 팔을 걷어붙여 볼까」라고 말했지만 실은 한가해서 이러는 것이리라.

나는 어떤 상황이 벌어질지 궁금했기에 주방에서 몰래 가게 쪽을 쳐다보았다.

"오래 기다리셨습니다. 셰프의 변덕 요리입니다."

"후후. 오늘은 어떤 요리를 맛볼…… 이게 뭐야?"

그녀가 인상을 쓰면서 손가락으로 가리킨 것은 구운 고기에 반투명한 액체를 들이부은 음식이었다.

"예. 셰프가 변덕을 부려서 소스?! 를 냅다 들이부었습니다."

"어, 변덕이라는 게 그런 의미였어?! 으음, 이 소스는 무엇으로 만든 거야?"

"글쎄요. ……변덕 삼아 만든 거라 재료는 모르겠네요. 아마 먹어도 괜찮을 겁니다."

"아마 괜찮다니……. 뭐, 좋아. 요리 실력 하나는 확실하니까, 겉보기와는 다르게 맛있을지도 몰라."

그녀는 억지로 자기 자신을 납득시킨 후 접객 담당을 돌려보냈다.

키스는 인사를 하고 같은 요리를 다른 테이블에 앉아있는 손님에게 내줬다.

그녀는 다른 손님이 이 수상한 요리를 먹는 모습을 본 후 안도의 한숨을 내쉬며 요리를 입에 넣었다.

"으읍?! 이 찐득한 액체의 끈적끈적한 느낌은 뭐야?! 고기도 너무 구워서 딱딱한 데다, 탄 맛과 잡내까지 나네! 저기—."

그녀가 손에 쥔 포크를 테이블에 내던지고 벌떡 일어서려던 순간, 큰 목소리가 들렸다.

"크으으으윽, 이 신작 메뉴는 최고군. 잡내와 탄 맛이 남아있지만, 이 신작 소스로 그 모든 것을 감싸면서 중화시키는 경지를 넘어 일체화에 성공했어! ……우웩."

"이건 입맛이 고급스러운 미식가가 아니면 눈치채지 못할 만큼 섬세한 요리야! 불평을 늘어놓는다는 건 자기가 가난뱅이 생활에 찌들어서 미각이 이상하다고 떠들어대는 거나 다름없다고! ……우읍."

다른 손님이 찬사를 보내자 그녀는 아무 말 없이 자리에 앉았다.

찬사를 보낸 후에 손으로 입을 막는 게 좀 그랬지만 연기 자체는 나무랄 곳이 없었다.

즐거워하며 식사를 하고 있는 다른 손님들을 관찰하던 그녀도 다시 요리를 먹기 시작했으나 억지로 먹는 티가 뻔히 났다. 요리를 입에 넣을 때마다 미간을 찌푸리고 있었다.

"그런데 이걸 어떻게 만든 거야?"

요리사 역할을 맡은 모험가에게 물어보니 그는 팔짱을 끼고 의기양양하게 웃었다.

"몬스터 고기를 피도 빼지 않은 상태에서 대충 구운 후, 네가 준 우뭇가사리 슬라임에 설탕을 잔뜩 넣기만 한 소스를 뿌린 거다."

즉, 딱딱하고 잡내가 엄청 나는 고기에 끈적끈적하고 달기만 한 액체를 뿌린 건가. 그런 걸 먹는다면 저런 표정을 짓는 것도 무리는 아니지.

그래도 자존심이 있는 건지, 그녀는 어찌어찌 그 요리를 다 먹은 후에 새파랗게 질린 얼굴로 「자, 잘 먹었어……」라고 말하며 가게를 나섰다.

그 순간, 손님 역할을 맡고 있던 모험가들이 일제히 자리에서 일어나더니 화장실을 향해 뛰어갔다.

"우웨에에에에엑! 맛이 없는데도 정도라는 게 있잖아! 우리를 죽일 셈이냐?!"

"왜 우리한테도 똑같은 걸 내놓은 건데?! 따로 요리하라고! 이익, 너도 처먹어!"

"이 빌어먹게 맛없는 걸 내가 왜 먹냐고!"

"그게 네가 할 소리냐~?!"

손님 역할을 맡은 모험가와 요리사 역할을 맡은 모험가가 주먹다짐을 시작한 가운데, 나와 키스는 가게를 나섰다.

그 후에도 일반 요금의 몇 배나 되는 바가지를 씌우거나 조미료의 내용물을 바꾸는 등의 방식으로 괴롭혀주자, 지칠 대로 지친 그녀는 고급 호텔로 돌아갔다.

"내가 자주 이용하는 여관과는 격이 다르네. 남한테서 뜯어낸 돈으로 호사스러운 생활을 하고 있는걸."

"때때로 마구간에서 자거나, 술에 거나하게 취한 뒤 길바닥에서 자기도 하죠?"

내 옆에서 호텔을 올려다보고 있는 건, 키스가 아니라 로리 서큐버스였다.

이번에는 이 녀석이 활약할 차례거든.

"이번에는 특별히 도와드릴게요. 바닐 님에게 도움이 될 수 있다고 해서 도와주는 거니까, 착각하지 마세요."

"응. 알았어. 일이 잘 풀리면, 나리가 네 머리를 쓰다듬어 줄걸?"

"정말인가요?! 에헤헤헤. 실컷 쓰다듬어달라고 해야지~."

로리 서큐버스는 히죽거리며 그렇게 말했다.

“어이, 너는 전에 「여성이 머리를 쓰다듬어주는 걸 좋아한다는 생각은 동정의 환상에 불과해요」 같은 소리를 했었지? 그래놓고 이런 반응을 보이는 건 좀 그렇지 않아?”

“전혀 이상하지 않거든요? 동경하는 사람이 자기 머리를 쓰다듬어준다면 기뻐하는 게 당연하잖아요. 더스트 씨가 제 몸에 손을 댄다면 성희롱으로 고소하겠지만 바닐 님이라면 괜찮아요. 아니, 머리뿐만 아니라 다른 곳도 마음껏 쓰다듬어주셨으면 해요!”

“이, 이 녀석…………”

“아, 좋은 생각이 났어요!”

뭐가 생각난 건지는 모르겠지만 로리 서큐버스는 손뼉을 치면서 몇 번이나 고개를 끄덕였다.

“노골적인 차별에 대해 할 말이 많기는 하지만, 오늘은 너한테 도움을 받기로 했으니까 참겠어. 준비는 완벽하게 해둔 거지?”

“맡겨만 주세요. 꿈의 내용도 완벽해요!”

이 녀석을 부른 건, 그 여자에게 악몽을 보여주기 위해서다.

오늘은 좋지 않은 일이 줄을 이었으니 그녀는 일찌감치 잠을 청할 것이다. 그런 그녀에게 최고의 악몽을 선물해주기로 했다.

7

다음 날.

어제와 마찬가지로 점술사로 변장한 내가 자리에 앉아있을 때, 테이블에 그림자가 드리워졌다. 누군가가 내 앞에 앉은 것 같았다.

고개를 들어보니 얼굴이 핼쑥해진 여자 신입 모험가가 내 앞에 앉아 있었다.

"호오, 많이 피곤해 보이는구먼. 어제는 꽤 즐거운 시간을 보냈나 보지?"

"흥, 최악의 하루였어. 끈적끈적한 뭔가를 뒤집어쓰지를 않나, 쇼핑을 하다 바가지를 당하지를 않나, 일찌감치 잠자리에 들어갔더니 칙칙한 금발을 지닌 색골 남자들에게 쫓기는 악몽을 꾸지를 않나…… 지금 생각해도 오한이 몰려오네."

"그랬구먼……."

악몽의 효과는 완벽했던 것 같았다.

하지만…… 꿈의 내용이 약간 신경 쓰이니까 나중에 로리 서큐버스에게 물어봐야겠다.

이마를 짚으며 「하아아」 하고 땅이 꺼져라 한숨을 내쉬는 신입 모험가를 유심히 보니 눈 밑에 다크서클이 있었다.

"그런데 아가씨. 오늘은 무슨 일로 나를 찾아온 겐가?"

"열 받지만 당신의 점을 믿어볼 마음이 생겼거든. 이렇게 나쁜 일이 연속으로 벌어지면 안 믿을 수가 없네."

좋아~. 걸려들었어. 신기할 정도로 내 생각대로 돌아가는 군.

지금부터가 중요하다.

"그런가. 그럼 무엇을 점쳐줄까? 오늘 입은 속옷 색깔? 실은 찌찌 점이라는 것도 시작했네만 한 번 받아보겠나?"

"손놀림과 눈빛이 수상하니까 그건 관두겠어. 그냥 평범하게 점을 쳐줘. 다시 운수가 좋아질 방법이 알고 싶어."

"흠, 운수 말인가. 흐으으으, 하아아아, 이야아아아압!"

나는 수정구슬에 손을 얹고 수상한 움직임을 취하면서 괴성을 토했다.

신입 모험가는 깜짝 놀랐는지 몸을 부르르 떨었지만 어제와 다르게 눈빛이 진지했다.

"오~, 나왔구먼. 이 앞에 있는 마도구점에서 파는 추천 상품이 럭키 아이템이라네."

"마도구점?"

"음. 거기에는 박복해 보이는 미인 점주와 가면을 쓴 점원이 있지. 가면을 쓴 점원이 권하는 상품이 바로 자네의 운수를 좋아지게 해줄 거라네!"

"가, 가면을 쓴 점원? 수상하지만 시험해볼 가치는 있을 것 같네. 고마워. 이건 복채야."

그녀는 예상했던 것보다 더 많은 복채를 주었고 나는 아무 말 없이 받았다.

모험가는 때려치우고 점술사를 하는 게 수입이 더 짭짤할지도 모르겠는걸.

“잘 유도한 것 같구나.”

어제와 마찬가지로 테이블 밑에 숨어 있던 바닐 나리가 그렇게 말했다.

나리가 내 점쟁이 시늉을 도와주는 대신, 가게의 상품을 저 여자에게 팔아치울 수 있도록 도와주기로 했다.

“이것으로 나리 가게의 재고를 처리할 수 있을 거야. 저 여자는 주머니가 꽤 두둑한 것 같으니까, 마음껏 뜯어먹으라고.”

“그래. 이대로는 이번 달도 그 무능 점주 때문에 적자를 볼 상황이지. 아, 이럴 때가 아니군. 이 몸은 서둘러 돌아가겠다. 협력해줘서 고맙다.”

“나리와 나의 사이잖아. 도울 일이 있으면 언제든 말하라고.”

테이블 밑에서 나온 나리가 그대로 가게를 향해 뛰어갔고 어느새 콩알만 해졌다. 나는 나리의 등을 쳐다보며 열심히 손을 흔들었다.

나리에게 점수도 땄으니 이제 저 여자가 어떻게 되는지 구경하기로 할까.

나는 점술사용 소도구를 전부 가방에 집어넣은 후, 그 가방을 들고 나리의 뒤를 쫓았다.

엄청난 속도로 뛰어간 나리를 따라잡는 것은 무리여서, 내가 마도구점에 도착해보니 나리는 이미 앞치마를 걸치고 접객을 하고 있었다.

"어서 와라. 인간 기준으로는 미인 같은 계집이여!"

"어, 으음, 칭찬으로 받아들이면 될까?"

창문을 통해 안을 쳐다보니 점주인 위즈는 보이지 않았다.

평소처럼 바닥을 굴러다니고 있지도 않고…… 외출을 한 걸까.

내가 그런 생각을 하고 있을 때 향긋한 냄새가 내 코끝을 스쳤다.

"가게 마당 쪽인가?"

신경이 쓰여서 그 냄새가 나는 곳에 가보니 가게 옆에는 시꺼멓게 탄 위즈가 방치되어 있었다.

아하, 방해만 될 테니 밖으로 쫓아낸 건가. 또 쓸데없는 물건을 사서 벌을 받은 거겠지.

자업자득일 테지만 일단 합장을 하며 위즈의 명복을 빌었다.

"추천 상품이라는 게, 이, 이거야?"

가게 안에서 그 여자의 당황스러운 목소리가 들렸기에, 나는 다시 창문을 통해 가게 안을 훔쳐보았다.

나리는 기회를 잡았다는 듯이 안 팔리는 재고 상품을 추천하고 있었다.

나리는 얼굴이 쓸데없이 리얼한 인형을 손에 들고 있었다.

귀족이 입을 법한 드레스를 입은 어린애의 모습을 한 인형이다.

“이건 이웃 사모님들 사이에서 운수를 좋게 해준다며 소문이 자자한 인형이다. 머리카락이 자동적으로 자라서 자기가 원하는 헤어스타일로 만들어 가지고 놀 수 있지. 때때로 원래 뒀던 장소에서 딴 곳으로 이동할 때가 있기도 하지만 개의치 마라.”

“어떻게 개의치 않는데?! 그건 저주 받은 인형…….”

“무슨 소리를 하는 거냐. 말도 안 되는 트집을 잡지 마라. 그것 말고도 뛰어난 능력이 잔뜩 갖춰져 있지. 그 중 하나가 일어나고 싶은 시간을 인형에게 알려주면, 희망하는 시간에 깨워주는 기능이다. 시범을 보여주마.”

나리는 그 인형의 귀에 무슨 말을 속삭였다.

그리고 인형을 책상 위에 둔 후 팔짱을 꼈다.

그 여자와 나도 덩달아 인형을 뚫어져라 쳐다봤는데, 고개를 숙이고 있던 인형이 고개를 들면서 다물고 있던 힘을 크게 벌렸다.

“쿠케케케케케케케케켓!”

그러자 기분 나쁜 웃음소리가 인형의 입에서 터져 나왔다.

“꺄앗! 뭐하는 거야?!”

“후하하하하하하하하! 그 어떤 잠꾸러기도 단숨에 깨우는 자명종 기능이다. 어때? 멋지지 않느냐?! 그리고 안 일어난다면 품속에 있는 단검을 꺼내들고 인간을 습격하는 애교 넘치는 서비스 기능도 완비되어 있지!"

"그래서야 잠에서 깨어나기 전에 영원히 잠드는 거 아냐?! 쓸데없는 설명 그만하고, 이 웃음을 어떻게 멈추는지나 알려줘!"

그녀는 여전히 웃고 있는 인형을 손가락으로 가리키더니 그 웃음소리 못지않게 큰 목소리로 외쳤다.

밖에서 이야기를 듣고 있는 나조차도 미쳐버릴 것 같으니까, 안에 있는 저 녀석은 엄청 괴로울 것이다.

……나리는 아무렇지도 않은 것 같지만.

"흠, 멈추는 방법 말이냐. 전력을 다해 입을 막으면 멈추게 되어 있지."

"그런 건 빨리 알려달란 말이야. ……저기, 이 인형이 엄청 버둥거리거든?! 제삼자가 보기에 꽤 섬뜩한 장면이 연출되고 있지 않아?!"

필사적으로 저항하는 인형의 입을 억지로 막고 있는 그 모습은, 어린애를 유괴하려 하는 범죄자 같아 보였다.

"아침 기상에 맞춰 적당한 운동을 하면 기분 좋게 하루를 시작할 수 있을 거다."

"아, 그래, 이제 됐어……. 이것 말고 추천하는 아이템은 없어?"

"이게 불만인가 보군. 그럼 인기 상품인 한밤중에 웃는 바닐 인형은 어떠냐? 그것 말고는 몬스터를 쫓는 효과가 있는 보석이 달린 목걸이도 있긴 하다만……."

나리가 선반 안쪽에서 꺼낸 것은 디자인이 꽤 괜찮은 목걸이였다.

"아까부터 왜 웃는 인형을 계속 추천하는 거야? 아무튼, 목걸이도 있긴 하네. 그걸로 할래. 겉보기에도 나쁘지 않잖아. 몬스터를 쫓는 효과는 어느 정도 수준이야?"

"고블린 수준의 몬스터가 다가오지 못하게 하는 효과가 있지."

"어머, 괜찮네."

그런 물건이라면 행상인이나 승합마차의 마부들에게 엄청 인기가 있을 것이다. 하지만 이 마도구점에서 파는 아이템 중에 정상적인 물건이 있을 리 없다.

"결점은 보석에서 나는 달콤한 향기가 몬스터들을 불러 모은다는 거지만 개의치 마라."

"저기, 그러면 몬스터를 쫓는 효과가 없는 거나 마찬가지 아냐? 치명적인 결함이 있네……."

그녀는 내키지 않는 것 같았지만 제대로 된 것이 없었기에, 방금 그 목걸이와 몇몇 아이템을 구매했다.

"하아, 지갑을 탈탈 털렸네. 이 마을도 슬슬 떠나야겠어. 엘로드로 돌아갈까?"

대부분 꽤 값이 나가는 상품이어서 요즘 들어 호사스러운 생활을 하던 그녀는 현금을 대부분 날리고 말았다.

마도구점을 나선 그녀는 하늘을 올려다보며 푸념을 늘어놓았다.

"엘로드라면 도박으로 유명한 곳이잖아. 저 여자는 아직도 정신 못 차렸네."

이 마을을 떠난다면 더는 볼일이 없지만, 혹시 모르니 밤중에 저 여자 방에 몰래 들어가서 베갯머리에 자명종 인형을 세팅해둬야겠다.

8

그로부터 사흘 후, 그 여자에게 받은 복채가 바닥났을 즈음에 길드에 가보니 린과 키스, 그리고…… 테일러가 있었다.

아무래도 그 여자한테서 해방된 것 같았다. 어떤 식으로 헤어진 건지는 모르겠지만 좀 놀려주도록 할까.

"안녕. 어라, 테일러 사부님. 오랜만이네."

"기분 나쁜 호칭으로 부르지 마."

"요즘에 어떤 여자와 자주 노닥거리던데 말이야. 나한테도 소개해달라고."

내가 가벼운 어조로 그렇게 말하자 린과 키스는 입술에 손가락을 대면서 「쉿~!」 하고 말했다.

이 녀석들, 왜 이러는 거지? 반응을 보아하니…… 아하~.

테일러가 차였나 보네.

“어, 뭐야. 꼴사납게 차인 거야?”

“애초에 사귄 적도 없어. 모험가로서의 마음가짐을 가르쳐 줬을 뿐이야.”

“그거 참 고생이 많네. 그런데, 그 여자는 지금 뭐해?”

“고향으로 돌아갔어. 어머니가 병에 걸리셨다더군. 모험가의 꿈을 단념하고 어머니를 간호하기로 한 것 같아.”

그렇게 둘러댄 건가. 끝까지 순진무구한 여자 모험가인 척을 하다니, 대단한걸. 속은 사람이 진실을 모른다면 그저 좋은 추억으로 남겠지.

액셀 마을을 떠났다면 이제 신경 쓰지 않아도 되려나.

다음 날에 확인해보니 악몽과 자명종인형 때문에 이틀 연속으로 잠을 못 잔 그 여자는 얼굴이 엄청 피곤해보였거든. 이 마을을 질색하게 됐을 것이다.

“뭐, 갑작스러운 일이기는 했어. 모험가 장비를 갖추느라 돈이 없는 데다, 어머니 치료비도 상당히 든다더라고. 그래서 가지고 있던 돈을 전부 넘겨줬지. 조금은 도움이 됐으면 좋겠는걸.”

“…………”

그 망할 녀석! 이 마을을 떠나면서까지 남을 등쳐먹은 거냐……. 테일러, 너도 속지 좀 말라고.

“그 바람에 돈이 없거든. 그래서 퀘스트를 맡을까 하는데,

미안하지만 같이 하지 않겠어?"

"뭐, 나야 항상 가난하거든. 딱히 상관없어."

나는 그렇게 말했고 키스와 린이 고개를 끄덕였다.

인마, 내가 가난에 찌들어 있을 때는 무시했으면서 테일러가 가난할 때는 도와주는 거냐.

……라는 불평을 해줄까도 생각했지만, 오늘은 이 사람 좋은 리더를 상냥하게 대해주도록 할까.

제2장 저 시끌벅적한 녀석들의 미행을

1

"귀여운 여동생을 어디서 굴러먹던 말뼈다귀인지도 모르는 남자에게 줄 수는 없어! 메구밍의 폭렬마법으로 왕성과 함께 날려버릴까? 아냐, 아쿠아를 속여서 아쿠시즈 교도를 보내는 것도 괜찮겠네. 어떤 수를 써서라도 반드시 저지하고 말겠어……."

술집에서 술에 거나하게 취한 카즈마가 무시무시한 말을 늘어놓고 있었다.

나도 꽤 술에 취한 탓에 반도 알아듣지 못했지만 화가 머리끝까지 치솟은 것은 틀림없어 보였다.

"여어~, 카즈마. 혼자서 쓸쓸해 보이네. 좋아, 단짝 친구인 이 몸이 같이 마셔주지! 사양하지 말라고. 자, 술을 팍팍 가지고 와! 오늘은 특별히 내 절친이 살 거야!"

"항상 내가 샀잖아! 술에 취해가지고 귀찮게 들러붙지 말라고! 더스트와 놀아줄 시간은 없단 말이야. 그리고 네 술값은 네가 내. 나는 안 사줄 거야."

"우리 사이에 쪼잔한 소리 좀 하지 말라고~."

"우리 사이라고 해봤자, 평범한 지인 사이잖아?"

"어이어이, 부끄러워서 둘러대는 거냐~? 귀여운 구석도 있네."

나는 마음에도 없는 소리를 늘어놓는 카즈마의 볼을 손가락으로 눌러줬다.

"그만해. 나는 진지하게 고민하고 있단 말이다. 귀여운 여동생이 내 도움을 바라며 지금도 베개를 눈물로 적시고 있을 거라고!"

카즈마는 차가운 눈길을 머금으며 내 손을 쳐냈다. 아무래도 놀릴 상황이 아닌 것 같았다.

그런데 카즈마에게 여동생이 있었나? 아~, 맞다. 어디 사는 공주님이 카즈마를 오빠처럼 따르지.

……아이리스와 관련된 일인가?

으음~, 혹시 이 나라와 얽힌 큰일인 건가?

"그거 미안하네. 그런데 뭘 고민하고 있는 거야? 나는 너한테 신세를 꽤 졌잖아. 고민이 있으면 이 더스트 님에게 털어놔봐. 무료로 상담해주지!"

"더스트에게 상담을 받을 바에야 아쿠아나 동료들에게 상담…… 메구밍은 질투할 것 같고, 다크니스는 저래 봬도 귀족이잖아. 아쿠아한테 상담을 받는다는 것 자체가 말도 안 되는 짓거리지. 그냥 더스트에게 받아야 하나~. 내 주위에는 왜 제대로 된 녀석이 없는 걸까. 하아~, 어차피 이야기를 해줄 때까지 들러붙어 있을 거지?"

카즈마는 크게 한숨을 내쉬더니 고개를 좌우로 저었다.

나에 대해 잘 아는걸.

"하아……. 여동생…… 소중하게 여기는 사람에게 실은 약혼자가 있다는 사실을 알게 되면, 더스트는 어떻게 할 거야?"

"……윽."

카즈마의 말을 들은 순간, 나는 술기운이 싹 사라졌다.

소중한 사람에게 약혼자……. 그리고 여동생이라는 걸 보면 공주님을 말하는 거겠지. 그러고 보니 전에 약혼자에 대한 푸념을 늘어놓기도 했었어.

"어, 어이, 왜 그래? 표정이 갑자기 진지해졌네."

"으, 응? 전혀 예상 못한 내용이라 깜짝 놀랐을 뿐이야. 그거 혹시 폭렬걸에 관한 거야? 아니면 다크니스? 연회 프리스트……일 리는 없지."

"당연하잖아. 나는 그 녀석들에게 약혼자가 있더라도 그냥 방치해둘 거라고. 상대방이 감당 못할 게 뻔하거든."

"그것도 그래."

하루 한 번 폭렬마법을 날려대는 홍마족.

실은 변태 마조히스트인 귀족.

술과 연회용 장기자랑에 환장해서 남에게 민폐를 끼치는 걸 전혀 개의치 않는 아쿠시즈교 프리스트.

"사귈 수 있으면 어디 한 번 사귀어 보라고 응원하고 싶어지는 멤버들이네. 사귀는 사람이 있다면 보고 싶을 정도야."

"그렇지? 게다가 그 녀석들은 그렇게 가벼운…… 아무튼, 그 녀석들은 아무래도 상관없어. 그것보다, 더스트라면 어떻게 할 거야? 린 때는 착각해서 난리를 피웠잖아."

"그때 일은 꺼내지도 마……. 떠올리기도 싫은 일이라고."

카즈마가 언급한 그 일이란, 린을 노리는 남자 귀족이 있다는 정보를 입수한 내가 그와 협력해서 그 귀족을 괴롭혀 주려 했던 일이다.

그 일은 말도 안 되는 오해였으며, 사실 그 귀족이 노리는 건 린이 아니라 바로 나였다…….

떠올리기만 해도 온몸이 떨렸다.

"저기, 결국 그 후에…… 당한 거야?"

"안 당했어! 엉덩이는 무사하다고! 지, 진짜라니까 그러네! 불쌍한 사람 쳐다보듯 나를 보지 마!"

카즈마가 내 어깨에 손을 얹더니, 말 안 해도 안다는 듯 고개를 끄덕였다.

……오해하고 있는 게 틀림없다.

"하던 이야기나 계속하자. 그 소중한 사람이 네가 넘볼 수 없는 인물이라면, 상대방의 행복을 빌면서 물러나는 게…… 좋지 않을까?"

나는 허리에 찬 검을 쓰다듬으며 어울리지 않는 소리를 입에 담았다.

“더스트답지 않은 대답이네. 「확 두들겨 패서라도 빼앗으라고!」라고 말할 줄 알았거든. 하지만 그 약혼 상대가 마음에 들지 않는 녀석이라면 어떻게 하면 좋을까?”

“그때는 두들겨 패고 그 사람을 빼앗으면 되겠네. 아니면 마구 괴롭혀주는 거야.”

소중한 사람이 행복해진다는 것이 최소한의 조건이니까 말이지.

불행해질게 뻔하다면 강경 수단을 쓰는 것도 방법이다.

“그렇지?! 역시 더스트는 뭘 좀 안다니깐. 좋아~, 내가 살 테니까 마음껏 마셔! 그 대신 지혜를 빌려줘. 흉계를 꾸미는 거라면 네 특기잖아?”

“어, 그래도 돼?! 좋아, 나만 믿으라고! 경찰한테 아슬아슬하게 잡히지 않을 사기나 민폐행위의 요령을 가르쳐주지!”

술을 마음껏 들이켜며 나와 카즈마는 밤새도록 난리법석을 떨었다.

2

“머리 아파…….”

술을 너무 많이 마셨네. 숙취 때문에 기분이 완전 최악이야.

눈을 떠보니 해가 중천에 떠 있었다.

"지붕이 없네. 여기는 어디지?"

바닥이 차갑고 단단해서 이상하다고 생각했는데 아무래도 술에 취한 채 길바닥에 드러누워서 잔 것 같았다.

"카즈마와 이야기를 나눴던 건 생각이 나는데, 그 내용이 생각 안 나……."

여자가 얽힌 이야기였던 것은 기억하지만 자세한 내용은 눈곱만큼도 생각나지 않았다.

"뭐, 좋아. 별일 아니겠지. 동료들을 찾아가서 해장술이라도 얻어먹어야지."

기지개를 펴서 굳어있던 관절을 풀어준 나는 모험가 길드로 향했다.

길드의 문을 열고 안을 살펴보니 린을 비롯한 동료들이 평소와 같은 자리에 앉아 있었는데…… 그들 맞은편에 누군가가 앉아 있었다.

혹시 이미 퀘스트를 맡고 의뢰인에게 상세한 이야기를 듣고 있는 건가?

뒷모습밖에 보이지 않지만 복장을 보아하니 마법사 같았다.

"아, 더스트. 이쪽으로 좀 와봐."

린이 불렀기에 나는 그녀 옆에 앉아서 맞은편을 쳐다보았다.

상대는 바로 낯익은 귀족 영애— 레인이었다.

왜 이 녀석이 모험가 길드에 있는 거지? 또 아이리스와 관련된 성가신 일로 찾아온 건가 보네.

그녀는 이 나라의 공주인 아이리스의 호위이자 교육 담당이며 저번에 우리와 함께 모험을 한 적도 있었다.

"여어, 존재감 없는 가난뱅이 귀족이잖아. 요즘 괜찮은 장사를 시작했는데, 너도 안 낄래?"

"전에 만났을 때 편하게 대해달라고 말하기는 했지만, 그래도 일단 저는 귀족이니까 말을 가려서 해주세요. ……그리고 돈벌이 이야기는 나중에 들려주세요."

가난뱅이가 마음에 안 든 건지, 존재감 없다는 말이 마음에 안 든 건지, 아니면 양쪽 다 마음에 안 든 건지, 레인은 볼에 경련이 일어난 상태에서 억지로 미소를 짓고 있었다.

"이게 무슨 상황이야? 돈 빌려달라는 소리를 하면 딱 잘라 거절하라고."

"너한테 돈을 빌릴 바에야, 귀족답게 자결을 택하지 않을까? 그런 게 아니라, 레인 씨가 직접 우리를 지명했어. 일을 의뢰하고 싶대. 게다가 꽤 큰 금액을 제시하네."

"더스트 님, 린 님. 일전에는 신세를 졌어요."

레인은 정중한 어조로 그렇게 말하고 고개를 숙였다.

내가 잘 아는 귀족과 달리, 레인은 서민에게도 편견이 없었다. 아이리스에게는 교육 담당이 한 명 더 있는데, 그 녀석은 귀족다운 사고방식을 지녀서 좀 질색이다.

"더스트와 린은 어느새 귀족과 아는 사이가 된 거야? 설마 범죄로 얽힌 건 아니겠지?"

"어이, 상당한 미인이잖아. 그런데 좀 수수해서 그런지 눈길을 끄는 타입은 아니네. 그래도 확실히 미인이야. 나중에 어떤 일이 있었는지 자세하게 이야기해달라고."

테일러와 키스는 호기심을 숨기지 않으며 나에게 물어보았다.

나는 손을 내저으면서 「나중에 이야기해줄게」라고 대충 대답했다.

레인이 귀족이라는 건 이미 밝힌 건가.

"의뢰를 하러 왔다고 했지? 뭐, 돈만 준다면 무슨 일이든 하겠어. 어떤 의뢰야?"

"실은 자세한 이야기는 할 수 없지만 이리스 님의 호위를 감시해줬으면 해요."

"호위를 감시하라고? 호위와 함께 감시를 하라는 게 아니라?"

단순한 말실수라고 생각하지만 테일러는 신경이 쓰이는지 그렇게 되물었다.

그냥 넘어가도 될 텐데 말이다.

"예. 그래요. 호위가 쓸데없는 짓을 하지 못하도록 감시해줬으면 해요."

"……호위 중에 배신자가 있기라도 한 거야?"

말실수를 한 게 아니라면 그런 식으로 해석할 수 있다.

아이리스가 얽힌 일이니 권력다툼과 얽혀 있거나, 마족의 수하가 잠입했을 가능성도 있었다. 하지만 이 나라의 중대

사라 해도 과언이 아닌 일을 일개 모험가에 불과한 우리에게 부탁하는 건가?

여차하면 입막음을 하려는 걸지도 모른다. 귀족, 특히 왕족과 가까운 녀석들이라면 그런 짓을 하고도 남는다.

"아, 아뇨. 그런 건 아니에요. 그저 이리스 님이 호위를 맡은 분들과 바보 같은…… 당치도 않은…… 으음, 묘한 짓을 하지 않도록 감시해주셨으면 해요."

방금 신하가 왕녀를 바보라고 말하려다 말았어. 허둥지둥 말을 돌렸지만 똑똑히 들렸다고……. 참고로 이리스는 아이리스의 가명이다.

"으음, 뭐가 뭔지 모르겠네. 이리스가 지위가 높은 귀족의 딸이라는 건 아는데, 혹시 호위를 대동하고 어딘가에 가는 거야?"

"으음, 그게 말이죠. 이리스 님에게는 약혼자가 있는데, 그 분을 만나러 엘로드에 가게 되셨어요."

약혼자. 어? 최근에 그 말을 들었던 것 같은데…….

술자리에서 카즈마가 그런 말을 했었지? 최근에 들었는데…… 앞으로는 기억이 끊길 정도로 술을 마시지는 말아야겠어.

"그 나이라면 노처녀가 될 걱정은 안 해도 되겠네. 게다가 상대는 귀족에 부자일 거잖아. 이 길드의 접수원인 루나한테 들려주고 싶은걸. 울먹거리면서 부러워할지도 몰라."

"더스트, 관둬! 루나 씨가 그 말을 들었다간, 말도 안 되는 퀘스트를 우리한테 떠넘길 거야! 루나 씨한테 그런 화제는 금기란 말이야!"

이 길드의 접수원인 루나는 인기가 많고 가슴도 크지만 결혼적령기를 지나서 그런지 결혼에 조바심을 내고 있는 것 같았다. 그걸 가지고 놀리기라도 했다간, 환하게 웃으면서 무모한 퀘스트를 떠넘기니 주의해야 한다.

"그렇게 어린데 약혼자도 있는 거구나. 귀족은 참 편해 보이지만 나름 고생이 많나 보네. 하지만 약혼자가 있어서 노처녀가 될 걱정은 안 해도 된다는 건 조금 부러워."

"아직 조바심이 날 나이도 아니잖아. 그리고 린은 결혼 걱정을 할 필요가 없다고. 네 옆에는 최고의 결혼 상대가 있으니까!"

나는 엄지로 스스로를 가리키며 빙긋 웃었다.

그런 나를 본 린은 얼굴에서 표정을 지우더니 「흥, 네 농담 치고는 꽤 재미있었어」라고 말하며 실소를 터뜨렸다.

"아…… 이리스 님은 어엿한 분이세요. 자신의 역할도 이해하고 있는 현명한 분……이시지만 요즘 들어 어떤 분에게 나쁜 영향을 받았는지 말괄량이처럼 행동하시죠. 매일같이 왕성…… 저택에서 탈주하려고 하세요."

레인이 말한 어떤 분은 아마 카즈마일 것이다.

그러고 보니 클레어가 엄청 푸념을 늘어놓았었다. 잔머리

가 늘어서 날이 갈수록 탈출 방식이 교묘해진다고 했었지.

"혹시 그 호위는…… 카즈마 녀석들이야?"

내가 레인에게 그렇게 묻자 동료들이 일제히 나를 쳐다보았다.

자초지종을 모른다면 카즈마 일행이 언급된 것이 뚱딴지처럼 느껴질 것이다.

"맞아요. 이리스 님은 카즈마 님을 오라버니처럼 따르고 계셔서 여러모로 문제가 되고 있어요. 일단 더스티네스 님에게 카즈마 님이 이 호위 임무를 사양하도록 해달라고 부탁해뒀습니다만, 뜻대로 될 것 같지는 않다고 할까요……."

레인의 고민거리는 카즈마인 건가.

"게다가 클레어 님은 이리스 님의 약혼에 반대하고 계시기 때문에, 이 약혼이 파기되도록 흉계를 꾸미고 계신 것 같아요. 이해 관계가 일치하는 카즈마 님과 손을 잡기라도 한다면……. 그걸 저지하지 못했다간, 당치도 않은 일이……."

어, 신하가 왕녀의 혼담을 망쳐도 되는 건가?

클레어는 레인과 함께 아이리스의 호위 및 교육 담당을 겸임하고 있는 귀족이다.

그 녀석은 전에 만났을 때도 아이리스에게 완전 빠져 있었다. 그래서 위험한 녀석이라고 생각하기는 했지만 이 나라보다 공주를 우선하는 건가…….

아이리스의 약혼자가 있는 엘로드는 베르제르그 왕국에

게 거액의 자금 원조를 해주고 있는 나라다.

저번에 바닐 나리의 가면 탓에 정신이 동거하게 됐을 때, 원조액을 늘리기 위해 아이리스가 고심하고 있었던 것이 생각났다.

공주의 결혼과 얽힌 일인가. ……일이 성가셔질 게 뻔하기에 가능하면 얽히고 싶지 않았다. 하지만 그날 밤의 일을 떠올리면 그냥 못 본 척할 수도 없다.

"괜찮을 거라고 생각하지만 이리스 님의 신변에 무슨 일이라도 생기면 곤란하니, 카즈마 님 일행이 미처 발견하지 못한 위협도 처리해주셨으면 해요. 최대한 조심하는 편이 좋을 테니까요."

공주가 다른 나라에 간다면 호위는 필수라고 할 수 있다. 신중에 신중을 거듭하는 편이 딱 좋을 것이다.

게다가 호위가 카즈마 일행이다. 다들 특출한 면을 지니고 있지만 안정성 면에서는 전혀 미덥지 못한 것이다.

누군가가 호위에 적합한 인재인지 묻는다면…… 친구라고는 해도 고개를 저을 수밖에 없다.

"저기~, 일을 의뢰해주는 건 고마운데 말이야. 모험가가 아니라 제대로 된 호위를 고용하는 편이 좋지 않아?"

"나도 린의 의견에 동의해. 신변의 안전을 확보하고 싶다면, 그 편이 낫겠지."

"만년 가난뱅이인 더스트처럼 돈 때문에 쪼잔하게 구는

것도 아니잖아?"

동료들의 말이 옳다고 생각하지만 나는 입을 다물고 있었다.

좀 신경 쓰이는 점이 있었기 때문이다.

"그게 말이죠. 이번에는 은밀히 엘로드를 방문하는 거라서 병사들을 우르르 끌고 갈 수가 없어요. 가능한 한 최소한의 인원만 대동해서 눈에 띄는 것을 피하고 싶은 거죠. 게다가 적이 다가오지 못하도록 특수한 용차(龍車)를 이용하는 데다, 이리스 님은 매우 강하세요."

"그 애, 그렇게 귀여울 뿐만 아니라 엄청 세구나. 그건 그렇고, 용차에 타는 건 부럽네. 말이 아니라 리자드 러너가 끌기 때문에, 속도가 마차와는 비교도 안 된다며?"

린은 아이리스와 만난 적이 있기 때문에 그녀가 강하다는 것이 믿기지 않는 것 같았다.

아이리스가 강한 것은 평소에 고가의 몬스터 고기를 먹으며 레벨업을 하고 있기 때문이리라. 귀족이 흔히 쓰는 레벨업 수단이다.

왕족이라면 귀족보다 고급스러운 것을 먹을 것이 틀림없다.

게다가 베르제르그 왕국의 왕족은 용사의 피를 이어받았기에 뛰어난 재능을 가지고 태어난다는 말을 들은 적이 있다. 뭐, 어느 정도 과장이 섞이기는 했겠지만 말이다.

"즉, 카즈마 녀석들이 이리스에게 이상한 걸 가르치지 못하도록 감시해라. 그리고 신변의 안전 또한 확보해라. 또한,

카즈마 녀석들이 약혼자에게 이상한 짓을 못하도록 지켜봐라. ……이 정도로 알면 될까?"

"예. 그래요. 하지만 마을에 도착한 후에는 카즈마 님들의 동향을 지켜보기만 해도 돼요. 사고를 치려는 것 같으면 상세하게 메모해두세요. 나중에 손해배상을 해야 할 경우가 발생할 수도 있으니까요. 그리고, 저기, 이리스 님의 아버님은 이 나라에서 **유력한** 귀족이시니, 이리스 님이 왕성에 가실 경우도 있을 거예요. 그때는 문 앞까지만 따라가면 돼요!"

레인은 빠르게 말을 하며 유력 귀족이라는 점을 꽤 강조했다.

왕녀라는 사실이 들통 나면 안 되니 저러는 걸까.

의뢰료가 파격적인 데다 숙박비도 의뢰인 쪽에서 부담하고, 이동용 용차도 준비해준다고 하는 끝내주는 의뢰다.

이렇게 짭짤한 의뢰를 놓칠 수는 없기 때문에 우리는 그 자리에서 바로 의뢰를 맡기로 했다.

사실 왕족과 얽히는 일은 피하는 편이 좋겠지만 행선지가 카지노로 유명한 엘로드라면 이야기가 달라진다.

선금도 듬뿍 받았으니 거기 가서 도박을 실컷 즐길 수 있을 것이다.

레인이 길드에서 나간 후 키스와 테일러가 레인과 나의 관계에 대해 캐물었다.

일전에 린, 융융, 그리고 아이리스의 교육 담당인 두 사람과 함께 모험을 했을 때의 이야기를 해주자, 키스가 부러워하며 귀찮게 굴었다. 그래서 술을 먹여서 정신줄을 놓게 만들었다.

"왜…… 더스트만 여자와 얽히는 거냐고오오오~."

책상에 엎드려서 잠꼬대나 늘어놓는 녀석은 내버려두자.

"아까 그 레인이라는 사람과 클레어라는 사람은 이리스라는 귀족 가문의 영애를 모시는데, 그 이리스라는 애가 카즈마와 사이가 좋아서 호위를 맡겼다는 거군."

"카즈마 일행은 실력이 좋지만 특정 면에 너무 특화되어 있으니까 호위 임무에는 적합하지 않아."

"폭렬걸은 한 방 날리면 그걸로 끝이고, 다크니스는 호위 대상을 내팽개치고 적에게 돌진할 것 같거든. 뭐, 그래서 걱정이 되니 우리에게 몰래 감시를 해달라는 부탁을 한 거겠지? 우리는 옆에서 돕기만 하면 되니까, 꽤 편한 일이겠는걸."

"그래. 방심은 금물이겠지만 벌이가 좋은 일거리이기는 해. 나는 여행에 필요한 도구를 보충해두겠어. 너희는 푹 쉬어둬."

여행 준비는 테일러에게 맡겨두면 될 것이다.

린은 좀 더 여기서 멍하니 있고 싶은 것 같았기에 나는 혼자서 길드를 나섰다.

"딱히 볼일은 없지만 바닐 나리한테나 가볼까?"

요즘 들어 심심풀이 삼아 나리의 마도구점…… 정확하게

는 미인 가난뱅이 점주 위즈의 가게에 자주 가는데, 그 가게가 망하지 않은 건 나리 덕분이라고 생각한다.

"나리, 놀러 왔어~."

내가 가게 문을 열면서 그렇게 말하자 바닥 청소를 하던 나리가 입가를 일그러뜨렸다.

"또 온 거냐. 너 같은 양아치와 달리, 나는 바쁘다. 볼일이 없으면 빨리 가보도록."

"맞아요. 바닐 님을 방해하지 마세요."

"음마인 네 녀석한테도 해당하는 말이다."

나리에게 바싹 붙어서 서 있는 로리 서큐버스의 모습이 눈에 들어왔다.

이 녀석, 나보다 더 빈번하게 이 가게에 들락거리는 거 아냐?

"어이, 로리 서큐버스. 대낮부터 농땡이치고 있는 거냐? 일이나 하라고."

"저는 밤에 일하거든요. 그리고 다른 사람도 아니고 더스트 씨가 그런 소리를 하니 참 웃기네요. 거울이라도 보는 게 어때요?"

"나는 내일부터 장기 의뢰를 수행하기로 되어 있다고."

"거짓말은 아닌 것 같군. 좋다. 이 몸이 특별 요금으로 네 녀석의 미래를 점쳐주마."

나리는 미래를 내다보는 악마이고 꽤 정확하게 미래를 예상할 수 있었다.

악녀에게 본때를 보여줄 때도 그 힘에 도움을 받은 만큼, 나리의 실력을 정확하게 이해하고 있다. 하지만—.

"마음은 고맙지만 사양하겠어. 나리의 그건 점이 아니라 예언이잖아. 그걸 들을 때마다 따끔한 맛을 봤다고."

온천여행 때도 나리의 예언은 적중했지만 중요한 부분을 애매하게 설명한 후에 내가 허둥대는 것을 보며 즐기는 느낌이 들었다.

나리의 식사는 인간의 악감정이니까, 완전히 신용했다가 따끔한 맛을 본 적이 몇 번이나 있었다.

"그것은 이 몸의 잘못이 아니라, 네 녀석의 행실 때문이지 않느냐."

"맞아요! 바닐 님은 잘못이 없어요! 자기 자신을 돌이켜 보세요!"

이, 이 녀석……. 바닐 나리가 얽힌 일이면 진짜 짜증나게 군다니깐.

왜 본인보다 더 화를 내는 거냐고.

"시끄러워. 네가 내 엄마라도 되냐?"

"더스트 씨 같은 자식은 절대 낳고 싶지 않거든요?"

"어릴 적에는 귀여웠을지도 모르잖아!"

"어릴 때는 괜찮더라도 크고 나면 요 모양 요 꼴이 되는 거잖아요."

로리 서큐버스는 질색을 하고 나를 쳐다보았다.

"요 모양 요 꼴이라고 하지 마! 손가락질도 하지 말라고!"

"시끄럽다! 만담을 할 거면 가게 밖에서 해라. 손님이라도 몰리도록 말이다."

"이 녀석과 만담을 해봤자 재미없거든? 태클을 날리면서 은근슬쩍 가슴을 만져봤자, 너무 빈약해서 아무 느낌도 없다고."

내가 로리 서큐버스의 가슴을 쳐다보며 어깨를 으쓱하자 그녀는 도끼눈을 뜨고 나를 노려보았다.

"더스트 씨는 툭하면 여자 가슴을 무시해대네요. 본인의 거기도 빈약하기 그지없으면서 말이에요."

로리 서큐버스는 내 하복부를 힐끔 쳐다보고 의미심장한 미소를 지었다.

"어이, 내 롱 소드를 본 적도 없으면서 그딴 소리를 지껄이지 말라고."

"온천에서 봤거든요? 쇼트 소드였던 걸로 기억해요. 아, 착각했네요. 나이프였어요. 풉."

"좋아, 그럼 이 자리에서 재확인을 시켜주마! 두 눈 크게 뜨고 똑똑히, 아얏?!"

내가 벨트를 움켜쥐었을 때, 누군가가 내 뒤통수를 때렸다.

고개를 돌려보니 나리가 주먹을 휘두른 자세를 취하고 있었다.

"영업방해로 고소당하고 싶지 않으면 관둬라! 빈약한 가슴과 빈약한 하반신을 가진 자여."

"아, 아직, 성장 중이거든요?! 저 같은 가슴을 보고 미유(美乳)라고 하는 거예요! 직접 만져보고 확인해주세요!"

"나도 제대로 발동 걸리면 장난 아니라고!"

증거를 보여주려는 듯 로리 서큐버스가 상의를 벗어던지고 나도 바지를 벗으려 하자, 나리가 또 우리를 때렸다.

"그런 걸 가게 안에서 보여주지 마라! 안 그래도 손님이 적은데, 네 녀석들 때문에 얼마 안 되는 손님도 끊기게 생겼단 말이다. 어쩔 수 없지. 서비스 삼아 점을 봐줄 테니, 빨리 돌아가기나 해라."

"아니, 점은……."

나리는 내 의견을 듣지도 않고 나를 지그시 쳐다보았다.

"호오, 이런. 이 변변찮고 어리석은 자여. 그대가 호화로운 카지노에서 한판 승부를 벌이는 모습이 보이는구나! 흠흠, 네 녀석은 그 승부에서 가장 약한 카드를 뽑을 운명이다! 후하하하하하!"

"맙소사. 역시 안 들을 걸 그랬네. 카지노에서 이길 방법을 점쳐주면 안 돼?"

"이제부터는 유료다. 뒷내용을 듣고 싶다면 돈을 내도록. 그 꼬맹이에게 들은 거다만 이런 방법을 과금제라고 부른다더군."

"악랄한 방식이네……. 지금은 돈이 없으니까 관두겠어."

실은 자세하게 듣고 싶지만 돈이 없으니 어쩔 수가 없다.

엘로드에 가기 전에 괜한 말을 듣고 말았다. 하지만 나리의 점도 빗나갈 때가 있긴 하겠지?

"저기~, 액셀 마을에 제대로 된 카지노가 있나요?"

"이 마을에는 그런 게 없어. 우리는 이제부터 카지노로 유명한 엘로드에 가거든. 나는 거기서 대박을 칠거라고."

"엘로드에 가나요?!"

"으, 응. 그래."

로리 서큐버스는 눈을 치켜뜨고 나를 응시했다.

그렇게 놀랄 만한 내용인가?

"저도 데려가주세요!"

"너, 카지노에 흥미가 있는 거냐? 좋아, 그럼 오늘 도박장에 데려가주지. 군자금만 대준다면 내가 곱절로 불려주겠어."

음란한 꿈과 바닐 나리에게만 관심이 있는 줄 알았던 로리 서큐버스가 도박에도 흥미를 가지고 있는 줄은 몰랐다. 그럼 내가 선배로서 도박이 얼마나 즐거운 건지 가르쳐줘야겠는걸.

"도박에는 관심 없어요."

로리 서큐버스는 딱 잘라 그렇게 말했다.

"그럼 왜 우리를 따라가려는 건데? ……아, 그래. 네 마음을 몰라줘서 미안해. 하지만 나는 아무리 여자라도 꼬맹이는 관심 밖이거든."

"더스트 씨 따위가 말도 안 되는 착각을 하며 저를 찬 것도 짜증나지만, 저는 꼬맹이가 아니라고요! 이래 봬도 제가 연상이란 말이에요!"

"그래, 참 대단하네~. 가슴이 좀 커진 후에나 그런 소리를 해~."

내가 그 헛소리를 무시하고 로리 서큐버스의 머리를 쓰다듬어주자 그녀는 발을 동동 굴리며 화를 냈다.

"이이이이익! 바닐 님! 더스트 씨가 진짜 짜증나게 굴어요!"

"저 양아치는 남의 신경을 긁는 걸로는 천하제일이지. 그냥 상대해주지 마라. 그것보다, 엘로드에 가고 싶은 진짜 이유나 말해보도록."

"그게 말이죠. 엘로드에 서큐버스 가게의 지점을 만들기로 해서, 가까운 시일 내에 살펴보러 가자고 다른 사람들과 이야기했거든요. 그래서 마침 잘됐다고 생각했어요."

아하, 사실 엘로드에 서큐버스 가게가 없다는 것이 의외였다. 젠장, 즐길 거리가 하나 줄었네.

"도박의 마을에 서큐버스 가게가 생기는 거구나. 괜찮은 걸. 지갑이 두둑해지면, 그 다음에는 다른 욕망을 만족시키고 싶어질 테니까. 인간의 욕심이란 끝이 없거든."

"욕망 덩어리인 네 녀석이 그렇게 말하니 묘하게 설득력이 있구나."

"맞아요."

두 사람이 동시에 고개를 끄덕였지만 깔끔하게 무시했다.

로리 서큐버스……. 그녀를 그냥 데려가기만 하는 거라면 문제될 것이 없다.

우리 파티에 여자는 린 한 명 뿐이다. 그 녀석은 아무 말도 안 하지만 여자 혼자서 여러 남자들과 함께 먼 곳까지 간다면 불안을 느끼기도 할 테니까 말이다.

"뭐, 따라오는 건 괜찮아. 그 녀석들도 네가 같이 간다고 하면 군소리는 안 할 테니까."

"고마워요! 답례로 가게 할인권을 드릴 테니, 다른 분들과 나눠 가지세요."

"그래. 고마워."

오오, 열 장이나 되네. 이 할인권은 전부 내가 유용하게 써주지.

애초에 내가 없었다면 이런 제안을 받지도 못했을 거잖아!

마도구점의 문을 열고 밖으로 나가려던 순간—.

"조언을 해줄 테니 이쪽으로 와봐라."

"예, 예엣?! 설마 사랑을 고백하려는 건……."

바닐 나리가 로리 서큐버스를 부르는 목소리가 들렸다. 뒤를 돌아보니 귓속말을 하고 있었는데, 로리 서큐버스가 질색하는 표정을 짓는 것을 보면 사랑 고백은 아닌 것 같았다.

3

카즈마 일행이 여행을 떠나는 날에 맞춰 우리도 베르제르그 왕국 수도로 향했다.

멤버는 나, 테일러, 키스, 린, 그리고 로리 서큐버스가 동행했다.

"또 신세 좀 질게요. 여러분, 별건 아니지만 맛이라도 봐 주세요."

"어서 와. 잘 부탁해. 그리고 괜히 이런 걸 신경 쓸 필요는 없는데 말이야."

로리 서큐버스가 몇 번이나 고개를 숙이며 준비해온 선물을 건네주자, 린과 다른 이들은 미소를 짓고 그녀를 맞이했다.

몇 번 같이 행동한 적이 있기 때문인지 이미 익숙해진 것 같았다.

여행의 안전을 확보하기 위해 융융도 동행해줬으면 했지만, 외톨이 능력을 발휘하며 종적을 감춰버렸기에 그냥 방치해두기로 했다.

"이게 용차구나. 진짜로 리자드 러너가 끄네. 용차는 생각했던 것보다 수수한 것 같아."

"귀족님들의 탈 것이니까 좀 더 화려할 줄 알았는데 말이야. 우리가 좀 화려하게 꾸며줄까?"

"키스, 무례한 소리는 하지 마. 우리는 상대방에게 정체가 들키지 않도록 호위를 하는 게 임무야. 그래서 일부러 수수하게 보이도록 위장한 거겠지."

키스가 아쉬운 표정을 지었고 테일러가 그런 그를 달랬다.

"예. 어디까지나 극비로 움직여주셨으면 하기 때문에, 겉모습을 평범하게 꾸몄어요. 하지만 내부는 그대로니까 탑승감은 좋죠. 그리고 바퀴가 없는 건……."

우리에게 용차를 건네주기 위해 혼자서 찾아온 레인이 손을 내밀고 뭔가를 중얼거리자 용차의 차체가 공중으로 떠올랐다.

아무래도 무게를 경감시켜서 속도를 더 낼 수 있도록 만든 것 같았다.

"오오, 지면에서 떠올랐네! 대체 어떻게 한 거야?"

"이런 스타일의 용차는 처음 보는걸."

"역시 귀족님이 타는 건 다르네."

동료들이 탄사를 터뜨리는 모습을 내가 옆에서 보고 있을 때, 로리 서큐버스가 내 옷의 소매를 잡아당겼다.

"더스트 씨는 태연해 보이네요. 딱히 신기하지 않나 보네요?"

"그래. 전에도 본 적이 있거든."

이런 것을 소유한 귀족은 흔치 않지만 왕족들에게는 흔하다.

걱정이 많은 레인이 동료들에게 주의사항을 이야기하고 있었다. 그런 건 테일러가 잘 기억해둘 테니 안심해도 될 것이다.

이야기를 마친 레인이 「뒷일을 부탁드려요」라고 말하더니 이번에는 카즈마 일행이 있는 곳으로 향했다.

이 거리에서는 카즈마 일행이 콩알만 해 보였지만 이미 대책은 세워뒀다.

"키스, 너는 저쪽이 잘 보이지?"

"그래. 똑똑히 보여. 나는 《천리안》 스킬을 지녔거든."

키스는 아처라서 《천리안》을 지녔다. 이 스킬이 있으면 먼 곳에 있는 것도 똑똑히 보이기 때문에, 멀찍이서 카즈마 일행을 지켜볼 수 있다.

"하지만 카즈마도 《천리안》 스킬을 가지고 있지 않아?"

""""앗.""""

린이 그런 의문을 입에 담았고 우리는 아차 했다.

그러고 보니 전에 카즈마가 《천리안》 스킬을 지녔다는 말을 했던 것 같은걸…….

"하, 하지만 지도도 있고, 루트도 들었으니까 아마 괜찮…… 겠지? 응?"

"꽤 거리를 두고 이동하면 분명 문제는 없을 거야."

"내 《천리안》이 더 우수하니까, 내가 아슬아슬하게 보이는 거리를 유지한다면 괜찮지 않을까?"

다들 애매모호한 소리를 늘어놓으면서 고개를 갸웃거리고 있다는 점이 불안했지만 분명 어떻게든 될 것이다.

"여기서 고민하고 있어봤자 아무 소용없잖아. 저쪽은 슬슬 출발하려는 것 같다고. 그럼 우리도 출발하자. 마부는 내가 맡겠어."

"그래. 고마워. 리자드 러너도 더스트를 따르는 것 같으니까, 부탁할게."

"인간 여자에게는 벌레 취급을 당하는데, 동물이나 마물에게는 사랑받네."

"몸에서 이상한 성분이라도 나오는 거 아냐?"

"이 자식들……. 헛소리 늘어놓지 말고 빨리 타기나 해!"

멋대로 지껄여대는 동료들을 재촉해서 태운 후 나는 리자드 러너의 등을 쓰다듬었다.

"잘 부탁해."

나는 볼을 비비는 리자드 러너를 쓰다듬어주고 나서 마부석에 앉았다.

"더, 더스트!! 너무 빠른 거 아냐?!"

"빨라, 무서워, 빨라아아아아아!"

"소, 속도 좀 낮추는 게 어때?! 위험하다고!"

뒤편에서 동료들의 시끄러운 비명소리가 들려왔다.

예상했던 것보다 너무 빨라서 겁먹은 것 같았다.

"걱정하지 마. 내 실력을 믿어보라고."

"""어떻게 믿어!"""

이럴 때만 손발이 절묘하게 잘 맞는다니깐. 이 정도 속도는 아무것도 아니잖아. 드래곤을 타고 날아다닐 시절에는 이것보다 훨씬 빨랐다고…….

로리 서큐버스만 입을 다물고 있는 게 신경 쓰여서 돌아보니 창밖을 쳐다보며 즐거워하고 있었다.

"직접 나는 것보다 편해서 좋네~."

하늘을 날 수 있는 만큼, 내 동료들보다 속도에 대한 공포가 덜한 걸까.

"이 용차에는 강력한 결계가 쳐져 있어서, 사고가 나더라도 안전하다잖아. 게다가 속도를 늦추면 카즈마 일행을 놓칠 거라고. 저 녀석들, 완전 말도 안 되는 속도로 질주하고 있거든."

앞서 달리고 있는 카즈마 일행의 용차를 어찌어찌 쫓아가고 있지만 속도를 조금이라도 늦췄다간 그대로 뒤쳐지고 말 것이다.

그건 그렇고, 저 용차는 누가 몰고 있는 거지. 저 정도 속도로 모는 건 베테랑이라도 용기가 필요할 텐데.

"어이, 키스. 저쪽 용차를 누가 모는 지 알 수 있을까? 좀 확인해줘."

나는 겁먹은 키스의 목덜미를 잡고 마부석 쪽으로 끌고 왔다.

"얼굴에 바람이, 풍압이!! 어, 어이! 이렇게 속도를 낸 상황에서 고개 돌리지 마! 앞을 보라고!"

"괜찮다니까 그러네. 그런데 저쪽 용차의 고삐는 누가 쥐고 있는 거야?"

겁을 먹은 채 얼굴을 내민 키스가 눈을 가늘게 뜨고 앞을 노려보았다.

그리고 믿기지 않는 광경을 본 건지 눈을 치켜뜨더니 아연실색한 표정을 짓고 입을 열었다.

"마부석에 앉아서 울부짖고 있는 파랑머리는 그냥 제쳐두기로 하고…… 어, 어이. 마부석에 앉은 다크니스가 미친 듯이 웃고 있거든? 저 녀석, 미친 거 아냐?!"

"이제 와서 무슨 소리를 하는 거야……. 제정신이 아니니까, 저런 속도로 용차를 모는 거라고!"

이거, 사고가 나지 않기를 비는 수밖에 없겠는걸. 다크니스는 사고가 나면 더 기뻐할 것 같으니 말이다.

나는 카즈마 일행이 무사하기를 빌며 눈을 감고 합장을 했다.

"더스트으으으으으으! 눈을 감지 마! 고삐를 놓지 말라고!"

"시끄럽네. 이 정도는 눈 감고도 몰 수 있거든? 자, 잘 봐~."

내가 고삐를 놓고 두 손을 흔들어보이자 키스의 얼굴에서 핏기가 사라졌다.

키스는 온몸에서 힘이 빠진 건지 그대로 용차에 쓰러졌다.

"저기! 키스가 쓰러져버렸는데, 무슨 일이 있었던 거야?!"

"어이, 키스가 기절했어!"

뒤편에서 린과 테일러의 고함소리가 들렸지만 나는 손을 가볍게 흔들면서 「죽지는 않았을 거야」라고 말해뒀다.

보기보다 간이 작은 녀석이군.

납득을 못한 두 사람이 마부석 쪽으로 얼굴을 내밀어서 나에게 불평을 하려 했지만 쏜살처럼 스쳐 지나가고 있는 풍경을 보고 겁이 난 건지 다시 용차 안으로 쏙 들어갔다.

시끄러운 녀석들이 조용해졌기에 내가 콧노래를 부르며 용차를 몰고 있을 때, 앞서 달리고 있던 용차의 속도가 떨어지기 시작했다.

이대로 다가갔다 들키면 곤란하므로 나는 길가에 용차를 세웠다.

"무슨 일이 있는 건가? 키스, 그만 정신 차리고 저쪽 좀 살펴봐."

나는 키스의 멱살을 잡아 억지로 일으켜 세우고 앞을 바라보게 했다.

"드, 드디어 섰네. 움직이지 않는 지면이 이렇게 좋은 거였구나. 나, 그냥 지면을 애인 삼을래……. 잠깐만 앞을 보라고? 아~, 오오?! 몬스터 무리가 몰려오고 있어! 카즈마 일행이 용차에서 내렸는데…… 뭐야? 왜 호위를 받고 있는 아가씨가 나서는 건데?"

키스의 말을 듣고 흥미가 샘솟았지만 아무리 눈에 힘을 줘도 카즈마 일행이 뭘 하고 있는지 보이지 않았다.

나도 《천리안》을 가지고 싶다. 그것만 있으면 먼 곳에서 여자를 훔쳐볼 수도 있겠네…….

"어엇?! 호위를 받고 있는 아가씨가 검을 치켜들더니—."

그 순간, 카즈마 일행이 있는 곳에서 빛이 뿜어져 나왔다.

무슨 일이 일어난 것인지 전혀 모르겠지만 입을 쩍 벌린 채 아무 말도 하지 못하는 키스의 반응이 신경 쓰였다.

"어, 어이, 무슨 일이 일어난 거야? 얼간이 같은 표정 그만 짓고 무슨 일이 일어났는지 빨리 말이나 해봐."

"자, 잘은 모르겠지만 저 아가씨가 검을 휘두른 순간에 빛이 뿜어져 나가서, 소처럼 생긴 몬스터가 두 동강이 났어……. 저러면 호위가 필요 없는 거 아냐?"

아이리스가 강하다는 건 레인의 과대평가일 거라고 생각했는데, 사실이었던 건가. 용사의 피를 이어받은 자답네.

"뭐, 잘 됐네. 저 아가씨가 몬스터에게 당할 일은 없을 테니까, 우리 일은 수월해지겠어."

그리고 내 말은 현실이 됐다. 몬스터가 나타날 때마다 아이리스가 간단히 쓸어버리는 사태가 반복된 것이다.

……공주님, 너무 실력 발휘하는 거 아냐? 얼버무리는 데도 한계가 있다고.

상처 하나 입지 않고 순조롭게 나아가다 보니 어느새 해가 졌다.

카즈마 일행이 용차를 세우고 야영 준비를 시작해서 우리도 용차에서 내리며 오늘 미행을 마쳤다.

“이제 멀찍이서 저 녀석들을 호위하면 되겠는걸. 이리스는 밤샘에 익숙하지 않을 테니까, 우리 임무는 이제부터 시작인 거네.”

내가 느슨해져 있던 마음을 다잡고 그렇게 말한 순간, 등 뒤에서 격렬한 빛이 뿜어져 나왔다.

허둥지둥 뒤를 둘러보니 카즈마 일행이 있던 장소에…… 조그마한 저택이 생겨났다.

“아까만 해도 저기에 저택 같은 건 없었지?”

“어, 어이. 빛이 뿜어져 나오더니 갑자기 저택이 생겨났어!”

“뭐, 뭐가 어떻게 된 거야?”

린 일행은 영문을 모르겠다는 듯이 당황했다.

로리 서큐버스도 놀란 것 같지만 다른 세 사람에 비하면 차분해 보였다.

“저건 최고급 마도구의 일종이야. 몬스터를 쫓는 효과가 있는 결계를 완비한, 운반이 가능한 저택이지.”

“아~, 바닐 님이 가게 상품으로 삼고 싶다고 하셨던 마도구 중 하나네요. 전에 들은 적이 있는 것 같아요! 더스트 씨도 바닐 님에게서 이야기를 들은 건가요?”

“으, 응. 맞아.”

실은 실제로 본 적이 있지만 굳이 밝힐 필요는 없다.

“저기, 저런 게 있다면 우리는 없어도 되지 않아? 호위가 필요 없을 것 같은데……."

"나도 그렇게 생각하지만 편하게 돈 벌게 생겼으니 불평할 필요는 없지 않아? 즐겁게 여행을 하기만 해도 거금이 들어온다고. 불평을 했다간 천벌 받을걸?"

이렇게 되면 밤에 보초를 설 필요도 없나. 생각보다 간단한 의뢰가 될 것 같았다.

아이리스를 걱정할 필요가 없어졌기에 우리는 야영 준비를 시작했다.

"카즈마 일행은 따뜻한 건물 안에서 안전하게 저녁을 먹나 보네. 그런데 우리는 밖에서 모닥불에 둘러앉아 저녁을 먹어야 하는 건가……."

"더스트, 괜히 투덜대지 마. 항상 이랬잖아?"

"여러분과 같이 밖에서 밥을 먹으면 참 즐거울 것 같아요."

린과 로리 서큐버스는 긍정적인걸.

테일러는 아무 말 없이 묵묵히 고기를 굽고 있었다. 키스는 나와 마찬가지로 불만을 느끼고 있는 것 같지만 딱히 별말 하지 않았다.

그저 조용히 저택 쪽을 쳐다보고 있을 뿐이었다.

"되게 조용하네. 왜 그래?"

"불합리해……."

무슨 말을 한 것 같은데 잘 들리지 않았다.

키스에게 다가가보니 술 냄새가 났다. 이 녀석이 손에 들고 있는 건 술병이잖아. 유심히 보니 얼굴도 새빨개.

나는 키스가 작은 목소리로 뭐라고 중얼거리는지 들어보려고 그를 향해 얼굴을 내밀었다.

"으아아아아아아아아! 너무 이상하잖아아아아아앗!"

"우와아아아앗! 귀 따가워! 고함지르지 말라고!"

"키스, 왜 그래?!"

"이상한 거라도 주워 먹은 거냐. 식사 전에 그러지 좀 마."

"왜 그러세요? 좀 진정하세요."

키스가 벌떡 일어나며 고함을 지른 바람에 놀라기는 했지만 이대로 계속 고함을 지르게 뒀다간 카즈마에게 들킬 수도 있다. 게다가 몬스터가 몰려올지도 모른다.

우리는 허둥지둥 키스를 말렸으나 키스는 계속 버둥거렸다.

"진정해! 왜 이러는 거야?!"

"너무 불합리하잖아! 카즈마는 저택에서 여자들에게 둘러싸여 희희낙락하고 있는데, 나는 길바닥에서 추위를 참아가며 야영을 해야 한다고."

아무래도 키스가 품고 있는 불만이 폭발한 것 같았다.

"여기에도 여자가 있기는 하잖아!"

"그래봤자 둘 다 더스트가 손댄 여자들이라고!"

이 녀석, 말도 안 되는 소리를 늘어놓네.

"무시무시한 소리 하지 말라고! 손가락 하나 건드린 적 없단 말이야!"

"맞아요. 더스트 씨에게 신세를 진 적이 있긴 하지만 어디까지나 비즈니스 파트너예요! 무미건조한 관계란 말이에요! 저는 바닐 님 말고는 누구한테도 관심 없어요!"

그렇고 그런 관계가 아닌 건 사실이라도 저렇게 전력으로 부정하는 모습을 보니 짜증이 났다.

"테일러도 얼마 전에 어떤 여자와 꽤 가깝게 지냈지? 여자가 없는 건 바로 나뿐이라고! 대체 이유가 뭐야?! 젠자아아아아앙!"

불만을 터뜨리듯 마구 고함을 지르고 만족한 건지, 키스는 곧장 뒤편으로 벌러덩 쓰러져서…… 잠들었다.

술주정을 한 것뿐인가. 이대로 내버려둬도 괜찮지만 좀 안 됐네.

린과 테일러가 술에 취해 뻗어버린 키스를 부축해서 텐트 안으로 옮겼다.

나는 로리 서큐버스에게 손짓을 한 후 귓속말로 이렇게 말했다.

"미안하지만 나중에 저 녀석에게 좋은 꿈을 보여주지 않겠어? 돈은 내가 낼 테니까, 부탁해."

"술에 많이 취했기 때문에 꿈을 보여줄 수 있을지 확신이 서지 않지만 그래도 해볼게요. ……더스트 씨한테도 의외로 상냥한 구석이 있었군요."

"꿈속에서라도 즐거운 추억을 만들게 해주자고……."

이것은 상냥함이 아니라 동정이다. 게다가 이대로 키스를 방치해둬서 기분을 풀어주지 않는다면 미행에 지장이 생기고 말 것이다. 미행에는《천리안》스킬이 꼭 필요하니까 말이다.

"키스가 뻗어버렸으니까 우선 나와 테일러가 보초를 서도록 할까. 너희는 용차 안에서 자도 돼. 쓸쓸하면 내가 같이 자줄 수도 있어. 한밤의 피스톤 운동이라도 같이 하자."

"됐어요."

"두 번 다시 눈뜨고 싶지 않다면 얼마든지 해봐."

차가운 눈길로 저런 소리를 하네. 린, 너도 단검을 뽑아들지 말라고. 사타구니가 오그라들잖아. 왜 내 주위의 여자들은 하나같이 이런 거지?

이런 걸 부러워하는 키스도 문제 있는 거 아니냐고…….

"흥. 남자의 상냥함을 이해 못하는 불쌍한 여자들이군."

"너의 그건 상냥함이 아니라……."

""""음흉함.""""

"다 같이 한 목소리로 그런 소리 하지 말라고! 빨리 자기나 해. 한밤중에 교대할 거야!"

린과 로리 서큐버스가 혀를 쏙 내밀고 용차에 들어갔다.

모닥불 주위에는 나와 테일러만이 앉아 있었다.

"남자 둘이서 보초를 서는 거냐. 되게 칙칙하네."

"그건 내가 할 말이야. 그건 그렇고, 이번 의뢰는 꽤 묘하다고 생각하지 않아? 이 용차나 저 마도구 저택은 평범한 귀족이 소유할 만한 게 아냐. 진짜로 평범한 귀족이 맞는 걸까?"

뭐, 눈치채는 게 당연하지.

테일러는 우리를 대표해서 퀘스트의 설명을 듣는 경우가 많기 때문에, 우리 중에서 가장 신중하고 조심스럽다. 그러니 이 의뢰를 수상하게 여기는 게 당연했다.

"유력한 귀족이라고 하긴 했잖아. 아마 지위도 상당히 높은 거 아닐까? 그래서 은밀히 움직이는 거겠지."

"그래……. 그렇다면 너무 캐묻지 않는 편이 좋겠군. 귀족의 미움을 사면 성가시니까 말이야."

"긁어 부스럼 만들 필요는 없다고. 우리는 몰래 저 녀석들을 지켜보기나 하다 돈만 받으면 돼. 그것보다 테일러는 그 여자와 진짜로 아무 일도 없었던 거야? 자기만 몰래 재미본 거 아냐? 서, 설마, 우리 몰래 선을 넘은 건 아니겠지? 응? 응?"

테일러는 거짓말을 못하는 남자니까 반응을 보면 바로 알 수 있다.

인상을 쓴 테일러가 팔짱을 끼고 생각에 잠기더니 곧 땅이 꺼져라 한숨을 내쉬었다.

"무슨 상상을 하는 건지 모르겠지만 전에도 말했을 텐데? 모험가로서의 마음가짐을 가르쳐줬을 뿐이야. 소질은 있지만 어머니가 아프시다니 어쩔 수 없지. 무사히 어머니와 재회했다면 좋겠군."

"……그렇구나."

그 여자가 악녀이며 너는 속았을 뿐이다, 하고 말해주는 건 간단하다. 하지만 그렇게 악랄한 짓거리는 할 수 없다.

확 폭로해버리면 재미있을 것 같다는 생각이 들기는 했지만 그래도 관뒀다.

딱히 깊은 관계는 아닌 것 같으니까, 더 추궁하지는 말자.

"나보다 너는 어때? 린과는 진전이 없는 것 같지만 로리사라는 여자애나 융융과는 꽤 친해 보이던데."

"흥, 린은 몰라도 다른 둘은 꼬맹이잖아. 나는 로리콤이 아니니까 관심 없어. 루나처럼 풍만한 가슴을 가졌다면 기쁜 마음으로 건드려 보겠지만 말이야."

"그건 영원히 이뤄질 수 없는 꿈…… 아, 말이 심했나. 우리끼리 하는 이야기니까, 린이나 다른 애들 앞에서는 그런 소리를 하지 마. 어험. 아무튼 적당히만 하라고."

테일러는 자기가 괜한 소리를 했다고 생각하는 건지, 시선을 슬쩍 피하며 막대로 모닥불을 휘저었다.

테일러와 이런 이야기를 한 적은 거의 없었다. 그 여자와의 일 이후로 생각이 좀 달라진 걸까.

밤은 아름다운 누님들과 함께 보내는 게 최고지만 오늘은 남자와의 바보 같은 이야기로 타협해야겠다.

4

다음 날.

우리는 카즈마 일행을 계속 미행했다.

몇 번이나 적과 조우했지만 아이리스가 전부 순식간에 해치운 것 같았다.

키스 말고는 저쪽 상황을 알 수 없기에 멀찍이서 눈을 가늘게 뜨고 살펴보니, 빛이 한 번 번쩍한 후에 바로 전투가 끝나고 말았다.

진짜로 싸우기는 한 건지 의심스러웠으나 아이리스가 싸운 장소를 지나칠 때마다 두 동강이 난 무수한 마물의 시체를 볼 수 있었기에 키스의 말은 허풍이 아닌 것 같았다.

며칠 동안 계속 용차로 이동했지만 여행 자체는 순조로웠고 아직 별다른 위기에 처하지도 않았다.

도중에 폭렬걸의 주도하에 카즈마 일행이 가재를 잡을 때는 저 행동에 무슨 의미가 있나 싶어서 동료들과 함께 골머리를 썩였지만 문제라고는 그 정도뿐이었다.

유일하게 신경이 쓰였던 것은…… 쭉 의욕 없이 풀이 죽은 채 투덜거리기만 하는 키스의 짜증나는 태도뿐이었다.

여자들에게 둘러싸여 있는 카즈마를 멀찍이서 쭉 쳐다보고, 여자와는 인연이 없는 자신의 처지에 절망한 것 같았다.
뭐, 그 심정은 충분히 이해한다.

“아, 엘로드가 보이기 시작했어.”

“와아~, 베르제르그 왕국의 수도보다 훨씬 멋진 곳이네요.”

용차의 속도에 익숙해진 두 사람이 마부석 쪽으로 몸을 쑥 내밀면서 앞쪽을 손가락으로 가리켰다.

린과 로리 서큐버스의 사이에 위치한 나에게 두 사람의 가슴이 닿았지만—.

“조금만 더 볼륨감이 있다면 정말 기쁠 텐데…….”

“무슨 소리 했어?”

“무슨 말 했어요?”

“아무 말도 안 했습니다.”

두 사람의 차가운 시선이 나에게 인정사정없이 꽂혔다.

마음의 목소리가 새어나간 것 같았다. 앞으로는 조심해야겠다.

시치미를 떼고 앞을 바라보니 액셀 마을보다 멋진 외벽과 문이 눈에 들어왔다.

카즈마 일행의 뒤를 따르듯 문을 통과하자 화려한 마을의 모습이 눈앞에 펼쳐졌다.

“오~, 사람들로 북적이는걸! 게다가 액셀과 다르게 멋 좀 부린 녀석들도 많네. 이렇게 사람이 많다면 우리의 헌팅에 걸려드는 애도 있을 것 같지 않아? 키스도 그렇게 생각하지?”

“……맞아 여자가 없으면, 여기서 만들면 되는 거라고! 엘

로드에는 좋은 여자가 잔뜩 있을 거야!"

내가 키스의 어깨를 움켜쥐면서 기운을 북돋아주기 위해 힘찬 목소리로 그렇게 말하자, 그도 기분이 좋아진 것 같았다.

나는 다른 동료들에게 시선을 보내며 너희도 분위기 좀 띄워보라는 뜻을 소리 없이 입만 뻥긋거려서 전달했다.

"그, 그래. 키스를 좋아하게 되는 괴짜가 한 명 정도는 있을 거야!"

"맞아. 입만 다물고 있으면 꽤 괜찮은 편이니까, 본성이 드러나지 않도록 필담으로 이야기를 나누면 헌팅이 성공할지도 몰라!"

"맞아요. 동정 특유의 껄떡쇠 같은 느낌만 없애면 분명 성공할 거예요!"

"…………어차피 나 같은 건……."

키스는 그 말을 듣고 용차 구석에 처박혔다. 손가락으로 바닥에 뭔가를 써대기 시작했다.

저 녀석들도 나름대로 열심히 칭찬을 한 거겠지만 방금 그건 악담이나 다름없다고…….

"괜한 소리를 해서 더 풀이 죽게 만들면 어떻게 해!"

"칭찬 삼아 한 소리인데."

"키스는 더스트와 마찬가지로 칭찬할 구석이 적으니까 어쩔 수가 없어."

"가능성이 제로에 한없이 가깝겠지만 만일 헌팅에 성공한다면 우리 가게의 매상이 줄거든요.”

아, 키스가 무릎을 꼭 끌어안은 채 옆으로 쓰러졌다. 요즘 풀이 죽었을 때 자주 보여주는 자세였다. 눈을 뜨고 있지만 눈동자에 빛이 전혀 어려 있지 않았다.

“이 자식들아, 좀 상냥한 말을 해주라고! 인간 말종이라는 걸 이렇게 지적당하면 상처 입는단 말이다! 키스는 진짜 구제할 길 없는 쓰레기지만 언제 여자한테 헌팅을 당해도 괜찮도록, 매일 아침마다 거울 앞에서 한참동안 머리를 만지작거리며 느끼한 대사를 연습하는 노력가야! 게다가 헌팅이 성공하면 바로 침대로 향할 수 있도록, 자주 속옷을 갈아입는다고?!”

린과 로리 서큐버스는 내 말을 듣고 완전히 질려버렸다. 그리고 테일러는 상냥한 눈길로 키스를 쳐다보더니 그의 어깨에 손을 올려놓았다.

“테일러, 상냥하게 대하지 마! 더스트, 거짓말을 늘어놓지 말라고! 젠장, 두고 보자. 반드시 이 마을에서 애인을 만들어서, 너희보다 행복해지고 말겠어!”

어, 발끈하네. 좀 기운이 난 것 같은걸.

여행을 하는 동안 자기만 여자가 없다는 사실 때문에 풀이 죽어 있었으니 이제 조금이라도 정신을 차리면 좋겠다.

부활한 키스가 카즈마 일행을 감시하고 있을 때, 그 녀석들이 딱 봐도 비싸 보이는 여관에 들어갔다. 그래서 우리는 조금 떨어진 곳에 있는 여관에 묵기로 했다.

“용차와 리자드 러너도 맡아준다는군. 그럼 임무를 속행하도록 할까.”

여관 점원과 교섭을 마친 테일러가 방으로 돌아왔다.

우리는 남녀가 따로 방을 빌렸고, 지금은 전원이 남자 방에 모여 있었다.

“그런데 그 이리스라는 아가씨는 정체가 뭐야? 저렇게 강한 녀석은 본 적이 없어. 우리도 그렇지만 카즈마 녀석들이 호위를 할 의미가 없다고.”

“누구든 상관없잖아. 좋아. 그럼 어쩌고 있는지 살펴보러 갈까?”

키스도 아이리스를 미심쩍어 하는 것 같지만 이 이야기를 더 했다간 성가셔질 것 같아서 억지로 이야기를 돌렸다.

카즈마 일행이 묵은 여관이 보이는 골목에서 그 여관의 입구를 감시하고 있을 때, 그 녀석들이 여관에서 나왔다.

“어디 가는 것 같은데, 이리스가 없네. 그런데 저 녀석들은 호위잖아. 호위 대상을 혼자 내버려두는 거야? 진짜 못 말릴 녀석들이네. 자기 일은 내팽개치고 카지노라도 가려는 거 아냐?!”

“너도 아니고 그럴 리가 없거든? 아마 그 애가 관광이라도 하고 오라고 권한 거 아닐까?”

“창가에서 그 아가씨가 손을 흔들고 있는 걸 보면, 농땡이를 치고 있는 것 같지는 않아. 어쩌면 린의 말이 맞을지도 모르겠는걸."

키스는 이마에 손을 대고 여관을 훔쳐보고 있었다.

역시 《천리안》은 편리하네. 나는 눈에 힘을 줘도 창문 너머의 사람이 겨우겨우 희미하게 보일 뿐이었다. 이 스킬만 있으면 한참 떨어진 곳에 있는 것도 잘 보이겠지…….

"어이, 키스. 나한테 《천리안》을 가르쳐줘."

"전사는 익힐 수 없어. 카즈마처럼 최약체 직업인 모험가라면 익힐 수 있지만 말이야."

젠장, 《천리안》만 있으면 언제든지 여자를 훔쳐볼 수 있을텐데. 어쩌면 카즈마와 키스는 내가 모르는 훔쳐보기 명소를 알고 있는 거 아냐?! 매일 그곳에 가서 즐기고 있는 걸지도 몰라!

"이 배신자!"

"어, 왜 나를 때리려고 하는 건데?!"

"둘 다 장난 그만 쳐. 카즈마 일행이 호위 대상을 두고 따로 행동할 줄은 몰랐어. 한쪽을 무시할 수도 없는데……."

"으음, 어떻게 할까? 우리 모두가 카즈마 일행을 쫓아갈 수는 없잖아. 누군가가 남아서 이리스 양을 호위해야해."

"그럼 내가 남지. 나는 덩치가 커서 미행에 적합하지 않거든."

우리는 그렇게 말한 테일러에게 아이리스를 맡기기로 했다.

여관을 나선 카즈마 일행은 신기하다는 듯이 주위를 둘러보고 있었다.

이대로 관광만 한다면 미행을 하고 있는 우리도 편할 텐데…….

"맞아. 어이쿠, 누군가가 다가오는걸. 남자 셋이네."

키스가 경계심이 어린 목소리로 그렇게 말해서 우리는 표정을 굳혔다.

무슨 일이 벌어졌을 때 바로 대응할 수 있도록, 우리는 카즈마 일행에게 들키지 않게 조심하며 다가갔다.

카즈마 일행은 저 남자들에게 정신이 팔린 건지 우리가 접근하는 것을 눈치채지 못했다.

"딱 봐도 꽤 노는 것 같은 남자들이네. 부잣집 도련님들인가?"

"그래. 아, 조용히 해. 여기에서라면 저 녀석들의 목소리도 들릴 거야."

우리는 귀에 손을 대고 카즈마 일행의 대화를 엿들었다.

"어? 꽤 예쁜 모험가들이네. 저기, 금발 미인 누님. 저렇게 시원찮은 남자는 내버려두고 우리와 이 마을을 둘러보지 않을래?"

가벼워 보이는 남자가 그렇게 말했고 우리는 서로의 얼굴을 쳐다보았다.

다들 미간을 찌푸리며 미심쩍은 표정을 지었다. 다들 저 남자가 무슨 소리를 하는 건지 이해하지 못한 것 같았다.

"혹시 저 경박해 보이는 남자가…… 저 세 사람을 헌팅하려고 하는 거 아냐?"

"에이, 키스. 웃기지도 않는 농담 하지 마. 간이 배밖으로 나온 놈이나 그런 짓을 할 거라고."

"액셀에는 그런 짓을 하는 사람이 없긴 해."

우리는 키스의 말도 안 되는 추측을 듣고 코웃음을 칠 뻔했지만 유일하게 침묵을 지키고 있던 로리 서큐버스가 입을 열었다.

"잠깐만요. 저 사람들은 액셀 마을 사람이 아니니까, 저 세 분이 어떤 사람들인지 모를 거예요. 그러니 겉모습만 보고 꼬셔보자고 생각한 거 아닐까요? 세 분 다 미인이기는 하니까요."

우리는 로리 서큐버스의 말을 듣고 화들짝 놀랐다.

"그래. 우리는 저 녀석들의 본성을 아니까 저 녀석들을 헌팅하는 게 얼마나 무모한 짓거리인지 알지만 저 남자들은 아무것도 모를 거야. 본성을 모른다면, 그저 미녀 3인조 같아 보이겠지……."

우리도 놀랐지만 본인들도 상황을 파악하지 못한 건지, 세 사람은 주위를 두리번거리고 있었다.

누가 헌팅을 당한 건지 모르는 것 같네. ……액셀 마을에서는 별종 취급을 당하며 미모를 칭찬받은 적이 없으니 이해를 못하는 건가.

"왠지 저 녀석들이 불쌍하다는 생각이 들어……."

"더스트도 그래? 저렇게 예쁘게 생겼으면, 보통은 시도 때도 없이 헌팅을 당할 거야……."

"저도 평소 행실을 신경써야겠다는 생각이 들어요……."

"동감이야……."

우리는 헌팅을 당한 저 세 사람을 진심으로 동정했다. 그리고 평소 행실이 얼마나 중요한지 다시 깨달았다.

자기들이 헌팅을 당하고 있다는 것을 겨우 이해한 저 세 사람은 자신의 몸가짐을 신경 쓰기 시작했다. 우리는 그 광경을 보면서 눈시울을 붉혔다.

세 사람은 한동안 우왕좌왕했지만 곧 연회 프리스트가 우쭐대기 시작했다. 그리고 상대방 남성들이 경계심을 품기 시작한 게 훤히 느껴졌다.

폭렬걸은 당황한 남자들을 향해 한 걸음 나서며 입을 열었다.

"즉, 당신들은 초절정 미소녀인 저희와 데이트를 하기 위해서라면 돈도, 목숨도 아깝지 않다는 거죠? 그러니 같이 데이트를 해달라고 저희에게 요청한 거죠?"

""""그런 뜻으로 한 말은 아니에요.""""

폭렬걸의 말에 남자들은 바로 대답했다.

어이쿠, 저 남자들도 저 세 여자의 위험성을 눈치챈 것 같다. 저 녀석들 앞에서 뒤돌아서더니 자기들끼리 작은 목소리로 쑥덕거리기 시작했다.

"바로 본성이 들통나 버렸네. 저래서야 헌팅남들이 도망치겠지."

"애초에 카즈마가 그렇게 두지는 않을 거잖아. 동료가 헌팅당하는 걸 그냥 두고 보지는 않을 거야."

뭐, 그럴 것이다. 저 사고뭉치들의 보호자 격인 카즈마도, 이런 상황에서는 동료들을 위해 나설 것이다.

"아, 그렇게 해."

""""어?""""

카즈마가 뜻밖의 말을 해서 우리 목소리와 저쪽에 있는 녀석들의 목소리가 하모니를 이뤘다.

"잘못 들은 거겠지? 앗, 카즈마가 전력으로 도망쳤어!"

"동료들을 버린 건가요?!"

"어, 어이, 어떻게 하지?! 이대로 있다간 카즈마를 놓치고 말 거야. ……어쩔 수 없지! 내가 절친을 쫓아가겠어! 너희는 저 녀석들을 감시해!"

"어, 어이! 기다려, 더스트! 귀찮은 쪽을 우리한테 떠넘기지 말라고!"

키스의 말을 무시한 나는 부리나케 도망치고 있는 카즈마를 쫓아갔다.

카즈마의 행동에 놀라기는 했지만 차분하게 생각해보니 이해가 되기는 했다. 저 녀석들과 함께 다녀서는 엘로드를 즐길 수 없을 테니까.

이런 곳에 와서까지 동료를 돌보고 싶지는 않겠지. 게다가 저 3인조라면 사고를 칠게 뻔하다.

나도 카즈마를 쫓아간 덕분에, 성가신 녀석들의 담당에서 해방됐다. 이제 카즈마를 대충 살펴보면서 관광만 하면 된다.

그럼 엘로드를 마음껏 즐겨보도록 할까.

5

""""오오오오오오오오오오오오오오옷!""""

행사장 전체가 환성으로 가득 찼다.

카즈마는 무슨 생각인 건지 카드게임 대회에 도중 참가를 해서 연승을 하고 있었다.

액셀 마을에서는 본 적이 없는 카드게임이지만 카즈마는 이미 룰을 파악한 건지 대전 상대가 울면서 용서를 빌 정도로 악랄한 공격을 펼치며 승승장구를 하고 있었다.

……하지만 카즈마의 승리 같은 건 아무래도 상관없다. 나는 그 녀석을 신경 쓸 때가 아니거든.

"어이, 왜 내가 진 건데?! 너, 이번에는 패스해! 그리고 내 공격을 받으라고! 안 그러면, 네 손을 두 번 다시 카드를 쥘 수 없게 만들어주지."

내가 손가락 관절을 풀면서 대전 상대를 협박하자 점원이 나를 포위했다.

"손님, 폭력을 행사하는 건 금지되어 있습니다! 손님, 안 됩니다! 안 된다고 하는 말 안 들려?! 어이, 다 같이 이 양아치를 제압하자!"

"좋아! 너희 면상에 다이렉트 어택을 날려주마! 평생 너희 턴은 오지 않을 거라고! 정정당당하게 한 명씩 덤벼봐!"

"헛소리 마! 그런 소리를 농담 삼아 하는 거냐?! 너 같은 놈한테는 몰매가 약이라고!"

내가 던진 카드를 맞고 움츠러든 점원에게 달려들어봤지만 수적으로 열세인 나는 순식간에 제압당한 끝에 그대로 마구 걷어차였다.

그리고 점원들은 나를 집어 들더니 무언가에 처박았다.

"우왓, 냄새나아아아아앗! 퉷퉷! 젠장, 사람을 쓰레기통에 처넣은 거냐."

어찌어찌 쓰레기통에서 빠져나온 나는 행사장으로 돌아가서 불평을 늘어놓으려 했지만 카즈마가 안에서 나오는 것을 보고 허둥지둥 뒷골목에 숨었다.

카즈마는 기분이 썩 좋아 보였으며 다른 장소로 향하려는 것 같았다.

"그냥 내버려둬도 괜찮을 것 같지만 그럴 수도 없지."

들키지 않도록 몸을 숨기면서 미행해보니, 카즈마는 레스토랑에서 식사를 한 후에 마을을 산책하다가 액세서리를 파는 가게에 들어갔다.

저 가게에 들어갔다간 바로 들킬 것 같았기에 밖에서 기다렸다. 그러던 동안 귀에 익은 폭음이 들리면서 지면이 격렬하게 흔들렸다.

"폭렬걸이 한 방 날렸나 보네."

거 봐. 사고 칠 줄 알았다니깐. 역시 카즈마를 따라오기 잘했어.

나는 얼굴이 새하얗게 질렸을 동료들을 향해 마음속으로 묵념을 했다.

저녁때까지 관광을 만끽한 카즈마를 미행하면서 아침에 동료들과 헤어졌던 곳으로 갔더니 그 경박해 보이던 남자들이 있었다. 하지만 어떻게 된 건지 두 명 뿐이었다.

카즈마의 동료를 살펴보자…… 다크니스는 얼굴에 윤기가 흐르고 있었고 폭렬걸을 업고 있었다. 연회 프리스트는 삐친 표정으로 바닥에 앉아 있었다.

"……대체 무슨 짓을 저지른 거야?"

"알고 싶냐?"

"우와아앗, 깜짝 놀랐잖아."

건물 뒤편에 숨어 있는 내 등 뒤에서 목소리가 들렸다.

내 어깨에 손을 얹으며 땅이 꺼져라 한숨을 내쉰 이는 바로 키스였다. 그 뒤편에는 지칠 대로 지친 린과 로리 서큐버스가 있었다.

"어이, 진짜로 알고 싶어? 응? 응? 응?"

생기 없는 공허한 눈동자로 쳐다보며 다가오지 말라고. 무섭단 말이다.

"아, 아니, 됐어. 대충 예상이 되거든."

"그렇지? 심각했다는 것만 말해두지. 나답지 않게 저 남자들을 동정했다고……. 저 녀석들을 돌보는 카즈마를 지금이라면 존경할 것 같아."

"응. 카즈마는 항상 저 세 사람의 고삐를 움켜쥐고 있는 거구나."

"다음에 저희 가게에 오면 듬뿍 서비스를 해드릴 거예요!"

꽤 무시무시한 광경을 본 건지, 린 일행은 이마를 손으로 짚고 땅이 꺼져라 한숨을 내쉬었다.

저쪽에서는 헌팅남들과 다투고 있는 것 같은데 갑자기 카즈마 일행이 일제히 도망쳤다.

"절반만이라도 괜찮아아아아아아아아!"

……라고 고함을 지르는 헌팅남을 곁눈질하며 카즈마 일행을 쫓아간 우리는, 그들이 여관에 들어가는 모습을 본 후에 숙소로 돌아갔다.

오늘은 더 이상 난리를 피우지 않을 거라고 생각해서, 내일 새벽부터 감시를 재개하기로 하고 일찌감치 잠자리에 들었다.

6

"자, 깊이 잠들었군."

나는 같은 방을 쓰고 있는 키스와 테일러가 완전히 골아떨어졌다는 것을 확인한 뒤 조용히 침대에서 몸을 일으켰다.

카지노로 유명한 엘로드에 와놓고 밤에 잠이나 자는 건 아쉽다. 게다가 오늘은 다른 볼일도 있는 것이다.

나는 발소리를 최대한 줄인 채 방을 빠져나갔고 거의 같은 타이밍에 여자 방에서 나온 로리 서큐버스와 시선을 마주했다.

우리는 고개를 끄덕인 뒤 나란히 걸으며 여관을 나섰다.

"좋아~. 그럼 오늘 밤에는 카지노에 가서 놀아재—."

"—끼지 않을 거예요. 오늘은 저를 도와주기로 했잖아요."

로리 서큐버스가 내 말을 끊고 그렇게 말했다.

방금까지 깜빡하고 있었지만 그러고 보니 오늘은 로리 서큐버스에게 어울려 줘야 했다.

"서큐버스 가게 지점을 내기 위해 조사를 할 거지? 하지만 후보지도 정해지지 않았으니까, 우선 카지노에 가서 어떤 손님이 있는지 정보를 수집하는 편이 좋지 않을까?"

"그것도 그러네요. 하지만 오늘은 도박할 생각 마세요. 도와주지 않는다면 할인권도 안 줄 거예요."

"알았다, 알았어. 나만 믿어. 이래 봬도 나는 약속을 꼭 지키는 남자거든!"

나는 엄지를 치켜세우며 윙크를 했다.

그러자 로리 서큐버스는 나를 차가운 눈길로 쳐다보았다.

"그럼 빨리 외상값을 갚아주—."

"좋아~, 그럼 가자!"

로리 서큐버스가 말을 더 늘어놓았다간 여러모로 문제가 될 것 같았기에, 나는 그녀의 어깨를 잡고 밤의 거리를 나아갔다.

"왜 아무렇지 않게 약속을 깨는 거죠?! 더스트 씨의 머리에는 대체 뭐가 들어있는 거예요? 혹시 빚 때문에 뇌까지 팔아치운 건가요?!"

"거 되게 시끄럽네. 우선 손님들 사이에 녹아들어야 이야기를 좀 들을 거 아냐."

근처에 있던 카지노에 들어간 나는 레인에게 받은 선금을 칩으로 바꾸고 도박을 하기 위해 자리에 앉았다.

내 뒤편에 있는 로리 서큐버스가 무슨 말을 하는 것 같지만 신경 쓰면 지는 거다.

내 맞은편에는 아무 짝에도 쓸모없는 지방이 온몸에 잔뜩 달린 영감이 있었다.

목과 손목, 손가락에 귀금속을 잔뜩 달고 있는 것을 보면 꽤 유복해 보였다. 욕심쟁이 부자 에로 영감의 전형 같아 보였다.

저 뒤룩뒤룩한 눈꺼풀 밑의 눈동자는 내가 아니라 내 뒤편에 있는 로리 서큐버스를 향하고 있었다.

이 녀석도 요즘 자주 마주쳤던 로리콤 3인조와 마찬가지로 그쪽 취향인 건가.

"이야~, 오늘은 참 운이 좋군요. 크흐흐흐흐. 아가씨, 저런 남자는 내버려두고 나와 식사라도 하지 않겠어요? 딱 봐도 아무 짝에 쓸모가 없을 것 같은 남자는 그냥 차버리고 말이에요."

"아, 저기, 싫어요."

핥는 듯한 질척한 시선을 받고 겁을 먹은 로리 서큐버스가 내 등 뒤에 숨었다.

"너는 서큐버스니까 저딴 녀석 상대하는 게 특기잖아? 왜 겁먹는 건데? 너의 그 쪼끄마한 가슴이나 팬티를 보여주면 바로 얌전해질 거라고."

나는 로리 서큐버스에게 작은 목소리로 그렇게 말했고 그녀는 인상을 썼다.

"생리적으로 받아들일 수 없는 사람도 있어요. 서큐버스는 밝히는 사람을 좋아하지만 취향이 아닌 사람의 욕망을 느끼면, 저기, 뭐랄까…… 소름이 돋아요. 예를 들자면 작가가 야한 소설을 써서 독자를 기쁘게 해주는 것과, 작가 본인이 에로의 대상이 되어서 기쁘게 해주는 건 다르잖아요?

그런 느낌이에요."

"아~, 무슨 소리인지 대충 알겠어."

어디까지나 야한 꿈을 보여주기만 할 뿐이라는 거구나. 연출을 해도 출연은 하지 않는다는 건가. 가게에서 속옷 같은 복장을 입고 있으면서 그런 소리를 하는 건 모순되지 않아?

"흠, 거절당했나. 그럼 게임이나 계속…… 어이쿠, 이미 칩이 바닥났나 보군."

"큭."

확실히 나는 이제 칩이 없다.

레인에게서 받은 돈을 전부 써버렸다. 하지만 나는 아직 안 끝났다고!

"그럼 칩을 추가해주지!"

"어, 벌써 돈이 바닥났나 보네요. 하지만 저는 빌려줄 돈이 없거든요?"

"이런 일도 있을까 싶어서 낮에 모험가 길드에 가서 환금을 해뒀다고."

나는 상당한 거금을 꺼내어 딜러를 통해 칩으로 교환했다.

"이런 거금이 어디서 난 거예요? 설마…… 여기서도 범죄를 저지른 거예요?!"

""""여기서도?!""""

로리 서큐버스가 그런 소리를 하자 내 대전 상대와 관객이 화들짝 놀랐다.

"어이, 경비원을 부르지 마! 그런 게 아냐! 이곳에 오는 도중에 쓰러뜨렸던 몬스터의 소재를 환금한 것뿐이야. 비싸 보이는 부위는 그 녀석들이 가져갔지만 의외로 돈이 될 것 같은 부위가 꽤 남아 있었거든."

"설마 카즈마 씨 일행이 해치운 몬스터를……."

"무슨 소리를 하는 거야. 그 녀석들이 남겨두고 간 마물을 대신 처리해줬을 뿐이야. 감사 인사를 받으면 받았지 비난당할 이유는 없다고!"

카즈마 일행은 쓰러뜨린 몬스터에게 흥미가 없는 건지, 그냥 내버려두고 갔다. 그래서 내가 그 몬스터들을 유효 활용했을 뿐이다.

"돈만 있다면 나는 아무래도 상관없지. 자, 그럼 계속 즐겨볼까."

"좋아. 전 재산을 탈탈 털어줄 테니까, 나중에 엉엉 울지나 말라고."

"바보죠?! 예?! 바보 맞죠?!"

로리 서큐버스가 내 귓가에서 시끄럽게 떠들어대고 있었다.

그로부터 몇 분 후, 나는 팬티 한 장 차림에 검만 들고 있었다.

"젠장, 어떻게 단 한 번도 못 이기는 거냐고!"

"나도 놀랐지. 설마 단 한 번도 지지 않을 줄이야……. 자네를 생각해서 하는 말인데, 도박을 관두는 게 어떻겠나?"

왜 나는 대전 상대에게 동정을 사고 있는 거지?

속임수를 쓰는 건지 의심했지만 상대의 반응을 보아하니 그렇지 않은 것 같았다.

하지만 진짜로 이기지를 못하네. 나는 운에게 버림받은 건가.

운……. 모험가 길드에서 카드를 만들 때도 행운 수치가 비정상적으로 낮다며 길드 직원이 깜짝 놀랐을 정도기는 하지. 뭐, 얼마 전에 카드를 만든 어디 사는 프리스트는 나보다 행운 수치가 더 낮았던 것 같지만 말이야.

나는 행운 수치가 너무 낮은 탓인지 도박을 해서 이겨본 적이 좀처럼 없다. 카즈마에게 이겨보려고 온갖 수단을 동원했지만 연전연패 중이다.

"사나이에게는 물러설 수 없을 때가 있어! 이렇게 졌으면 다음에는 분명 이길 거라고! 흐름이란 그런 거란 말이다!"

"그건 인간 말종의 발상이거든요?! 아까도 같은 소리를 했다가 졌잖아요!"

"의욕은 높이 사지만 이미 칩이 없잖나. 돈도 바닥났으니 더는 도박을 할 수 없을 텐데?"

저 영감의 말이 맞다. 지갑은 이미 텅텅 비었다. 담보로 걸 것도 없다.

이렇게 되면 남은 건 이 검 뿐이다. 하지만 이 검을 걸고 도박을 할 수는 없었다.

“그래. 관둘 수밖에 없겠네.”

“정 도박이 하고 싶다면, 내 부탁을 들어주겠나? 그러면 칩을 융통해주지.”

이 색골 영감, 말도 안 되는 조건을 제시하려는 건가 보군. 저 능글맞은 면상만 봐도 바로 알 수 있다.

하지만 저 자의 시선이 향하고 있는 건 로리 서큐버스였기에—.

“좋아, 들어주겠어!”

나는 주저 없이 그렇게 말했다.

“아, 아직 설명도 안 했는데 정말 괜찮겠나? 그럼 내가 칩을 주는 대신…… 자네 일행인 귀여운 여성을 하룻밤만 빌려주게. 아, 말도 안 되는 소리를 하고 있다는 건 아네. 그러니 다음 승부에서 자네가 이기면 칩을 갚을 필요도 없고, 내 부탁을 들어주지 않아도 된다는 조건으로 어떤가?”

“좋아.”

““어?””

내가 주저 없이 대답하자 영감과 로리 서큐버스는 얼이 나갔다.

내가 한 말이 들리지 않은 걸까?

“그러니까, 좋다고.”

“자, 잠깐만요오오오오! 멋대로 정하지 말아줄래요?! 저는 동의하지 않았단 말이에요!"

뒤편에 있는 로리 서큐버스가 나를 마구 흔들어댔지만 나는 태연하게 상대방을 쳐다보았다.

"아~, 저기 뭐냐. 좀 생각을 해보는 게 어떻겠나? 으음, 저 애가 싫어하는 것 같은데 말일세. 게다가 꽤 어려 보이는데 법적으로는 괜찮은 건가? 때때로 젊은 아가씨와 술을 마시기는 하지만 결코 야한 짓이 내 목적은 아니라네. 그래도 이런 건 둘이서 상의를 해본 다음에 결정하는 편이 좋을 텐데 말이야."

영감은 빠른 어조로 변명을 늘어놓듯 그렇게 말했다.

제안을 한 쪽이 겁먹지 말라고…….

아까까지의 그 색골 영감다운 모습은 다 어디 간 거야? 혹시 언동이 수상하기만 할 뿐인 사람 좋은 영감인 건가?

"즉, 하룻밤 동안 이 애를 빌려서 좋은 꿈을 꾸고 싶다는 거잖아?"

"뭐, 뭐어, 그렇기는 한데 표현이 좀……. 게다가 듣고 보니 죄책감이 들어서 말일세……."

나이도 먹을 만큼 먹은 영감이 손가락을 꼼지락거리며 우물쭈물하지 마. 완전 기분 나쁘다고.

"이럴 때는 당당하게 행동해! 매사에 있어서 겁먹으면 지는 거라고. 항상 자기가 옳다고 되뇌면서 잘난 척 하란 말이야. 자, 고개를 들고 가슴을 펴! 으스대면서 거만하게 굴라고!"

"그, 그런가. 알았네. 우하하하하하하! 비렁뱅이 주제에 돈이 탐나면 아부를 해봐라! 무릎 꿇고 내 구두 바닥이라도 핥아 보겠느냐? 크하하하하!"

영감은 입을 크게 벌리고 바보처럼 웃더니 나를 힐끔 쳐다보았다.

어이어이, 영감. 내 채점 점수를 알고 싶은 거야?

나는 양손으로 원을 만들며 고개를 끄덕였고 영감은 웃음을 터뜨렸다.

"둘이서 멋대로 이야기를 이어가지 마세요! 제 입장도 신경 써 달라고요!"

"괜찮잖아. 그냥 술만 같이 마실 뿐이니까, 아무것도 닳지 않을 거라고. 저 녀석은 돈이 많아 보이니까, 잘 구슬려두면 지점을 위한 토지를 마련하는 데 도움이 될지도 몰라. 게다가 야한 복장을 해서 인기를 얻어두면, 이곳에 가게를 냈을 때에 다른 서큐버스보다 한 발 앞서 나갈 수 있지 않겠어?"

"아하, 그렇군요……. 그럼 저도 전력을 다해 어필을 하면서 응원할게요!"

로리 서큐버스가 입고 있던 옷을 벗어던지자 서큐버스 가게에서 입던 야한 복장이 됐다.

이 녀석은 서큐버스로서 인정받고 싶다는 욕구가 강하니까 그걸 자극하면 이렇게 간단히 속아 넘어간다.

""""우오오오오오오!!""""

시끄럽게 떠들고 있는 우리를 성가시다는 듯이 쳐다보던 다른 손님들은, 속옷이나 다름없는 음란한 복장을 한 로리 서큐버스를 보더니 일제히 환성을 질렀다.

주위의 반응이 마음에 드는 건지, 로리 서큐버스가 미소를 짓고 환성을 보내는 이들을 향해 애교 넘치게 손을 흔들었다. 박쥐같은 날개도 등에 달려 있지만 남들은 코스프레를 한 거라고 생각하는 것 같았다.

"너, 아까 자기가 에로의 대상이 되는 건 싫다고 말하지 않았어?"

"제가 언제 그런 말을 했는데요?"

"이, 이 녀석……."

귀엽게 고개를 갸웃거리면서 얼버무리지 말라고…….

뭐, 좋다. 대전 상대인 저 영감도 거친 콧김을 뿜고 있으니 냉정한 판단을 하지 못할 것이다. 이대로 가면 여유롭게 이길 수 있지 않을까?

자, 이제부터 진정한 승부를 시작해보자고!

"이상하잖아! 왜 한 번도 못 이기는 건데?! 속임수를 쓴 거 아냐?!"

"아, 아니, 자네가 운이 없을 뿐인 것 같네만……."

맞은편의 영감은 이겼는데도 불구하고 식은땀을 흘리고 있었다.

영감의 옆에서는 로리 서큐버스가 미소를 짓고 술을 따라 주고 있었다.

"관두세요, 더스트 씨. 저는 이분과 호화로운 식사를 즐기고 올 테니까, 혼자서 돌아가요."

"이, 이 녀석……!"

한창 승부 중에 이 영감이 상당한 부자이며 땅도 많이 가지고 있다는 것을 알자마자, 로리 서큐버스는 내 응원을 관두더니 저 영감에게 붙었다.

영감도 좋아 죽겠다는 반응을 보이지 말라고…….

"뭐가 먹고 싶나? 좋아하는 걸 말해주면 실컷 사주지!"

"꺄아~, 기뻐요~. 그럼 감사히 먹을게요~."

어이, 꼬리치지 말라고!

흑심이 훤히 드러나는 저 둘의 말을 들으니 오한이 엄습했지만 어쩌면 팬티 한 장만 걸치고 있기 때문일지도 모른다.

"나는 인정 못 해! 이렇게 연패를 하는 일도 흔치는 않다고. 속임수를 쓴 게 틀림없어!"

"그래! 맞아! 이 카지노는 이상해! 몰래 나쁜 짓을 하는 게 틀림없어! 나 같은 미인 프리스트를 함정에 빠뜨린 다음, 「헤헷, 돈이 없으면 다른 걸로 갚으라고」 하고 협박을 하면서 야한 짓을 하려는 거지?! 지금이라도 죄를 고백하고 참회를 한 후 내가 건 돈을 돌려주고 나서, 오늘 수익을 전부 아쿠시즈교에 기부한다면 그냥 눈감아주겠어요!"

나보다 더 큰 목소리로 고함을 질러대는 녀석이 있었다.

내가 그쪽을 쳐다보니 파란색 수녀복을 입은 여자가 눈에 들어왔다.

……빌어먹게도 나는 저 여자가 눈에 익었다. 일전에 미츠뭐시기라는 녀석의 마검을 샀을 때 얽혔던 아쿠시즈교의 골때리는 프리스트였다.

이름은 알지도 못할 뿐만 아니라 알고 싶지도 않지만 저 여자와 얽히면 호된 꼴을 당할 것이다.

"어이, 프리스트가 왜 카지노에 있는 거야?"

"아쿠시즈교는 도박을 금하지 않아요! 교의에도 이렇게 적혀 있어요. 『자신을 억누른 채 성실하게 살아본들, 노력하지 않고 편하게 살아본들, 내일 무슨 일이 일어날지 알 수 없다. 그렇다면 알 수 없는 내일보다는, 명확한 오늘을 편하게 살아라』라고요!"

당당한 목소리로 정신 나간 교의를 외친 이 녀석은 나를 기억하지 못하는 것 같았다.

"그 교의에는 전면적으로 동의하지만 너희는 진짜로 그런 교의를 따르고 사는 거냐……."

아쿠시즈교가 위험한 곳이라는 것은 연회 프리스트만 봐도 알 수 있지만 진짜 질 나쁜 녀석들이다. 마왕도 아쿠시즈교만은 건드리지 않는다는 소문이 도는 것도 납득이 될 정도였다.

"어, 어이! 누가 이렇게 성가신 손님을 받은 거냐?!"

"아쿠시즈교와는 얽히지 말라고 그렇게 말했잖아!"

"죄송합니다! 처음에는 얌전하게 굴어서……."

이 여자가 아쿠시즈교라는 것을 안 딜러와 카지노 관계자들이 야단법석을 떨기 시작했다.

"그것보다, 당신도 이 악질적인 카지노의 가련한 희생자인가 보군요! 함께 이 거대한 악에 맞서 싸우죠! 부당한 도박에 의해 발생한 지출을 되찾는 거예요! 그걸 못 찾으면 오늘 숙박비도 없어!"

"숙박비까지 전부 도박에 날린 거냐. 어이, 자제 좀 하라고."

"……자기 꼬락서니를 보고 그런 소리를 하는 게 어때?"

아무래도 팬티 한 장만 걸친 채 그런 소리를 해봤자 설득력이 없는 것 같았다.

"이번에는 눈감아줄 테니까, 내가 건 돈을 전부 돌려줘. 행방불명이 된 제스터 님을 찾으러 가겠다는 구실로 뜯어온 여비가 바닥나버렸단 말이야!"

"이, 이 녀석……."

제스터가 누구인지는 모르지만 사람을 찾으러 와서 도박이나 하고 있는 거냐.

"만약 돌려주지 않는다면 나한테도 생각이 있어. 내일부터 이 카지노를 아쿠시즈 교도의 집합 장소로 지정할 거야! 다 함께 매일같이 이곳의 손님에게 아쿠시즈교를 포교하고,

지면에 떨어져 있는 동전을 주우며, 즐겁고 재미있는 나날을 보내야지!"

"안 돼! 그런 최악의 짓거리만은 하지 마!"

프리스트의 협박에 이 가게의 점장 같아 보이는 남자가 당황하고 말았다.

그럼 나도 편승해서 같이 난리를 피워볼까. 아쿠시즈 교도는 적으로 돌리면 무시무시하지만 아군으로 삼으면 다른 녀석들이 겁먹으니까.

……솔직히 아쿠시즈 교도를 아군으로 삼는 것도 불안하지만 일시적으로 협력하는 건 괜찮을 것이다.

"맞아, 맞아. 정신 나간 녀석들이 이곳에 모여들 거라고! 그게 싫으면 내가 잃은 돈을 전부 돌려줘! 그리고 앞으로 나와 승부를 할 때는 전부 져달라고. 알았냐?!"

"맞아, 맞아. 당신, 머리가 잘 돌아가네. 특별히 아쿠시즈교에 입교할 권리를 줄 수도 있거든?!"

이 녀석, 왜 부끄러워하는 척 하다 갑자기 발끈하며 저런 소리를 하는 거지?

은근슬쩍 입교서와 펜을 나한테 내밀지 말라고.

"어? ……동정들은 여자의 이런 태도를 좋아한다고 들었는데, 안 통하네."

"누, 누가 동정이라는 거야?! 나는 산전수전 다 겪은 전문가거든?! 액셀 마을에서는 매일같이 여자들을 상대하느라

잠잘 시간도 없었을 정도라고!"

"어, 더스트 씨는 그런 상대가 없으니까 저희 가게를 이용하는 거잖아요? 밤에도 푹 자는 것 같던데요?"

이 로리가 괜한 소리를…….

너는 그 영감의 기분이나 맞춰주면 된다고!

"그런데 당신, 전에 나를 만난 적 없어? 그 양아치 같으면서 신통치 않은 면상을 전에도 본 적이 있는 것 같은데……. 미남이라면 바로 생각이 날 텐데 말이야."

"관심 꺼. 그것보다, 너희는 어떻게 할 거야? 우리에게 돈을 돌려줄지, 아니면 이곳을 아쿠시즈 교도의 아지트로 만들지, 원하는 쪽을 골라보라고!"

"겸사겸사 입교를 해도 돼!"

우리 둘이 협박을 하자 점장으로 보이는 인물이 한숨을 내쉬면서 손을 들어올렸다. 그리고 힘차게 손을 휘두르더니 우리를 손가락으로 가리켰다.

"이 녀석들을 가게 밖으로 쫓아내!"

우리는 검은 옷을 입은 남자들에게 둘러싸인 뒤 그대로 가게 밖의 쓰레기통에 처박혔다.

"또 쓰레기통이냐?! 이 냄새에 익숙해질 것 같네."

"감히 미인 프리스트를 쓰레기통에 버려?! 확 천벌이나 받아버려라! ……더럽혀진 미인 프리스트라는 표현은 좀 에로틱하네. 아, 이 도시락은 입도 안 댄 거잖아. 아까워라."

쓰레기통에서 힘차게 얼굴을 내민 프리스트가 잔반을 들고 기뻐하고 있어……. 설마, 먹으려는 건가?!

이 프리스트, 쓸 만한 게 또 없는지 뒤지고 있잖아. 아쿠시즈교는 진짜 장난 아니네.

"냄새가 괜찮은 걸 보면 상하지 않은 것 같아. 거기 있는 길 잃은 양아치 늑대여. 그대, 굶주렸다면 이 도시락을 헐값에 양보해드리겠어요."

"헛소리 마! 그딴 걸 누가 먹냐?! 너나 처먹어!"

"성직자가 이딴 걸 먹을 리 없잖아. 상식이 없나 보네."

"상식적인 프리스트가 잔반을 남한테 팔 것 같냐?! 이러니까 아쿠시즈 교도는 딱 질색인 거라고!"

아쿠시즈 교도의 총본산에 갔을 때 통감했지만 이 녀석들과 얽히면 득 될 것이 없다.

그걸 알면서도 혹시나 하는 마음에 얽히다니 나도 정신이 나갔나 보다.

"그런데 당신은 팬티 차림으로 검을 가지고 있는 거야? 아까 돈이 없다고 했었지? 그럼 그 검을 팔면 되잖아. 아, 좋은 생각이 났어. 그걸 나한테 맡겨봐. 아쿠아 님께 맹세코 판매가의 몇 배로 불려서 돌려줄게."

"절대 싫어! 너희 신에게 맹세해봤자 눈곱만큼도 믿음이 가지 않거든? 이건 매우 고귀한 분에게 받은 거야. 너 같은 여자한테 절대 넘겨줄 수 없어!"

여자 프리스트는 검을 빼앗으려 했고 나는 절대 넘겨줄 수 없다는 듯이 그 검을 감쌌다.

"거 되게 오버하네. 검을 사랑스럽다는 듯이 꼭 끌어안고…… 설마 그쪽 취향인 거야? 아쿠시즈교는 동성애와 근친애 및 이종족과의 사랑도 허락하지만 물건과의 사랑은 레벨이 너무 높아."

아무래도 착각을 한 것 같지만 이제 지적을 하는 것도 귀찮다.

"지갑이 탈탈 털렸네. 아쿠시즈 교도를 찾을지, 아니면 에리스교에 골탕을 먹이러 갈지 고민돼."

"고민하지 마. 그것보다 너는 아까 누군가를 찾으러 엘로드에 왔다고 하지 않았어?"

이름은 잊었지만 아까 누군가를 찾으러 이곳에 왔다가 여비를 도박으로 전부 날렸다는 소리를 했었다.

당사자는 내 말을 듣더니 팔짱을 끼고 고개를 갸웃거렸다. 잠시 후, 눈을 치켜뜨며 손가락을 튕겼다.

"물론 기억해요. 예, 기억하고말고요. 저는 아쿠시즈 교단의 최고 책임자인 제스터 님을 찾으러 이곳에 왔답니다!"

"까맣게 잊고 있었던 거냐……."

내가 미심쩍은 눈길로 쳐다보자 그녀는 시선을 피했다.

이 녀석, 진짜로 까맣게 잊고 놀아재낀 거냐.

"무슨 소리를 하는 건지 모르겠군요. 제스터 님이 도박에

져서 마음이 약하진 손님들에게 교묘한 언변으로 아쿠시즈교를 포교하고 있다는 정보를 얻고, 이 카지노를 감시하고 있었을 뿐이에요!"

"제발 부탁이니까, 그런 식으로 포교하지 말라고……."

"무슨 소리를 하는 거죠? 평범하게 포교해선 아무도 아쿠시즈교에 입교해주지 않는단 말이에요. 그러니 다양한 방법을 시도하며 노력해야……."

"어이, 노력의 방향성 자체가 잘못된 거 아냐?"

"뭐가 잘못되었다는 거죠? 이상한 소리를 하는 사람이군요."

아쿠시즈교의 가르침에는 공감하는 바가 있지만 거기에 입교했다간 뭔가가 끝나버리고 말 듯한 느낌이 들었다. 그리고 다른 무언가가 시작될 것 같은 느낌도 들었다.

"그럼 도박을 하지 말고 그 제스터라는 사람을 찾거나 포교활동을 하는 게 어때?"

"솔직히 말해 제스터 님이 없어도 교단에는 아무런 지장이 없을 뿐만 아니라, 교단 운영 면에서는 없는 편이 차라리 낫죠. 포교활동을 하더라도 가능하면 잘 생긴 부자를 노리고 싶어요. 그래서 이렇게 매일같이 카지노에 발이 닳도록 드나들고 있는 거죠!"

알고는 있었지만 이 녀석은 진짜 인간 말종이네.

"나는 바쁘니까 가난뱅이와 노닥거릴 짬이 없어. 빨리 부자를 입교시켜서, 도박할 돈을 뜯어내야만 해."

자칭 미인 프리스트는 쓰레기로 범벅이 된 채 한밤중의 거리로 사라졌다.

포교를 할 거면 일단 저 쓰레기 냄새부터 어떻게 해야 할 것 같지만 더는 얽히고 싶지 않아서 관심을 끄기로 했다.

"……돌아가야지."

지칠 대로 지친 데다 군자금도 바닥난 나는 순순히 여관으로 돌아갔다.

7

"빨리 일어나. 카즈마 일행이 움직이기 시작했어."

"하암~. 아직 아침이잖아."

"아침이니까 일어나라는 거야."

테일러가 영문 모를 소리를 했다.

침대에서 상반신을 일으켜 창밖을 보니 아침햇살이 쏟아져 들어오고 있었다.

창가에서 키스가 밖을 쳐다보고 있었다.

"아침부터 되게 바쁘게 설치네. 그리고 옷차림도 꽤 신경 썼잖아. 어디에 가려는 거지?"

나도 키스의 옆에 가서 쳐다봤지만 보이지 않았다.

내가 여자 방에 린을 부르러 갔는데 졸린 듯한 눈의 로리 서큐버스가 있었다.

아~, 역시 그렇게 됐구나. 색골 영감과 서큐버스가 단둘이 있었으니 그렇고 그런 일이 벌어지지 않는 게 오히려 이상할 것이다.

나는 남들에게 들리지 않도록 귓속말로 로리 서큐버스에게 어제 어떻게 되었는지 물어보았다.

“어제는 꽤 즐겼나 보네?”

“예, 참 상냥한 할아버지였어요. 저를 닮은 손주가 있는데, 그 애가 자기를 차갑게 대해서 귀여워해줄 수가 없다지 뭐예요. 그래서 제가 그 애 대신 실컷 어리광을 부렸어요! 서비스로 손주와 즐겁게 노는 꿈도 보여줬죠!”

“그거 잘 됐네.”

내 예상과 완전히 딴판이잖아. 에로틱한 일은 벌어지지 않았던 거냐고.

“어? 혹시 저를 걱정해준 거예요?”

“안 했어. 그러니까 팔꿈치로 내 옆구리를 찌르지 마!”

내가 왜 서큐버스를 걱정하겠냐고. 내 책임도 조금 있으니까 심한 짓을 당한 건 아닌지 약간 마음이 쓰였을 뿐이야.

“자, 그만 노닥거리고 빨리 가자.”

잠에서 깨고 얼마 안 되어서 그런지 언짢아 보이는 린의 뒤를 따르며 우리는 여관을 나섰다.

카즈마 일행은 곧장 왕성으로 향하는 것 같았다.

왕성 앞에서 소동이 일어난 것 같지만 그 녀석들이 얌전히 굴기 시작한 후로 몇 분이 지났다.

"쫓겨나지는 않았지만 성 안으로 들어가는 것을 허가받지는 못한 것 같군."

테일러는 팔짱을 끼고 그렇게 중얼거렸다.

이상한걸. 한 나라의 왕녀가 찾아왔으면 우선 성 안으로 모시는 것이 상식이다. 문밖에서 기다리게 한다면 상대방이 그것을 모욕적인 행위로 받아들일 수도 있다.

혹시 일부러 도발하는 건가? 엘로드와 베르제르그 왕국의 관계는 양호한 편이다. 이런 짓을 해봤자 아무런 이득도 없을 것이다.

"빨강머리 꼬맹이가 사람들을 잔뜩 이끌고 밖으로 나왔네. 뭔가 다투고 있는 것 같은데, 아~. 저 꼬맹이, 메구밍과 아쿠아의 도발을 듣고 완전 겁을 집어먹었잖아. 저 두 사람을 적으로 돌리다니, 진짜 멍청하네."

《천리안》으로 그들을 훔쳐보고 있는 키스가 손뼉을 치며 재미있어했다.

홍마족에게는 농담이 안 통하거든. 특히 그 폭렬걸은 도화선이 짧은 데다 폭발하면 그 위력이 엄청나잖아. 가벼운 도발을 할 때도 목숨을 걸어야 한다고…….

아쿠아는 아쿠시즈교의 아크 프리스트다. 그런 만큼 절대 얽히지 않는 편이 좋다.

"어, 꽤 지위가 높아 보이는 남자가 끼어들어서 상황을 수

습하네. 어떻게 하지? 성 안까지 따라가서 감시하는 건 무리잖아."

"레인도 성에 들어가면 그냥 내버려두면 된다고 했잖아. 그럼 이제부터 우리는 자유시간인 거지? 다들 수고했어~."

"말도 안 되는 소리 하지 마."

내가 손을 흔들면서 이 자리를 벗어나려 하자 린이 내 목덜미를 움켜잡았다.

쳇, 나만 농땡이를 칠 수 있을 줄 알았는데…….

"카즈마 일행이 나올 때까지, 여기서 대기하자."

우리가 테일러의 지시에 따라 성문 근처에서 시간을 보내고 있는데 카즈마 일행이 나왔다. 아이리스가 꽤 풀이 죽어 있었고 다른 이들이 그녀를 위로하고 있는 것 같았다.

"저 아가씨는 약혼자를 만나러 이곳에 온 거지? 성에서 일하는 약혼자와 다투기라도 한 걸까?"

"글쎄? 우리 임무는 어디까지나 호위를 감시하는 거야. 저 소녀의 집안 사정이나 약혼 같은 건 우리가 알 바 아니라고."

키스의 의문에 내가 대충 대답하자 동료들이 너무하다는 듯이 나를 쳐다보았다.

동정하는 건 좋지만 우리가 간섭해도 될 문제가 아니다. 좀 걱정이 되지만 저 공주님의 문제는 카즈마 일행에게 맡겨두면 괜찮겠지.

"……표현 자체에 문제가 있기는 하지만 더스트의 말이 맞

아. 미행을 계속하자.”

테일러의 말을 듣고 마지못해 납득한 다른 이들이 카즈마 일행을 계속 쫓아갔다.

결국 오늘은 별다른 일 없이 평온하게 넘어갔다.

8

다음 날에는 카즈마와 아이리스만 성에 갔고 다른 세 사람은 따로 행동하는 것 같았다.

로리 서큐버스는 오늘도 그 부자 영감과 식사를 한 후에 마을을 안내받기로 했다면서 이 자리에 없었다.

“자, 시간이 없으니까 빨리 정하자! 가위바위보로 이긴 사람이 누구를 감시할지 정하는 거야. 알았지?”

나는 그렇게 말했고 다들 고개를 끄덕였다.

그리고 오늘 하루의 운명을 결정지을 가위바위보가 시작됐다.

“좋아! 나는 카즈마를 담당하지.”

가장 먼저 이긴 테일러가 히죽 웃으며 그렇게 말했다.

“젠장, 가장 편한 녀석을 빼앗겼어. 남은 건 그 세 사람뿐인가……. 전부 꽝이잖아.”

“더스트, 그 꽝 중에도 그나마 나은 것과 최악인 게 있다고.”

“이번에 못 이긴다면 큰일 날 것 같은 예감이 들어.”

키스와 린이 지금까지 한 번도 본 적 없는 진지한 표정을 짓고 있었다.

솔직히 말해 남은 녀석들은 전부 미묘하지만 그 중에도 그나마 양식적인 녀석이 있기는 했다.

"그럼 해보자고! 가위 바위……."

""""보!""""

내가 낸 것은 보다. 그리고 옆에 있는 키스도 보를 냈다. 그리고, 린은…… 가위였다.

"와아, 만세~! 그럼 나는 다크니스를 맡을래!!"

"젠자아아아아앙! 린에게 졌어! 최악 중에서 그나마 나은 녀석을 빼앗겼다고!"

"맙소사, 폭렬걸과 연회 프리스트만 남았잖아……. 완전 궁극의 이지선다네……."

린은 껑충껑충 뛰면서 기뻐했고 나와 키스는 그대로 무너지듯 쓰러졌다.

다크니스도 무모한 짓이나 변태행위를 하기는 하지만 전투 때 이외에는 그나마 정상적으로 행동한다. 뭔가 잘못되어서 마조히스트의 본성이 깨어나지만 않는다면 비교적 나은 편이었다.

"이번 승부는 이기든 지든 별 차이가 없는 것 같은데……."

"키스도 그래? 나도 그렇게 생각하지만…… 그래도 말이야. 가장 큰 문제를 일으키는 쪽과, 쉴 새 없이 문제를 일으키는 쪽이라는 차이는 있다고."

"강렬한 한 방을 맞고 목숨이 오락가락하는 상태가 될 건지, 독 대미지를 쉴 새 없이 받을 건지, 정도의 차이인가……."

어느 쪽이 그나마 나은지 묻는다면 양쪽 다 싫다.

비통한 표정을 짓고 있는 키스와 가위바위보를 한 결과—.

"폭렬걸을 맡게 됐네……."

내가 담당하게 된 것은 남은 한 명인 폭렬걸이다.

참고로 나한테 가위바위보로 이긴 키스는 딱히 기뻐 보이지 않았다.

"그런데, 어디에 가는 거지?"

폭렬걸은 목적지가 정해져 있는 건지, 거침없는 발걸음으로 카지노가 줄지어 있는 번화가를 빠져나갔다.

마을을 나선 후 한참을 걸어서 그녀는 민가가 없고 풍요로운 자연이 펼쳐져 있는 장소에 도착했다.

강이 있기는 하지만 저 녀석이 순진무구하게 강에서 물놀이를 할 법한 캐릭터가 아니라는 것은 알고 있다.

"저런 문제아를 감시도 붙이지 않고 그냥 풀어놓는 카즈마도 문제라니깐."

"뭘 모르네. 로리 소녀는 좀 말괄량이 같은 구석이 있는 편이 더 귀엽거든? 오늘도 저 탱글탱글한 엉덩이가 힘차게 흔들리고 있잖아~."

"우와아앗?!"

귓가에서 느닷없이 들려온 목소리를 듣고 화들짝 놀라 옆을 바라보니 그저께 만났던 여자 프리스트가 눈에 들어왔다.

이 녀석, 위험한 눈길로 폭렬걸을 쳐다보며 침을 질질 흘리고 있잖아.

"대, 대체 어디서 튀어나온 거야?"

"메구밍 양이 있는 곳에 나도 있거든. 아침에 발견한 후로 주위에 사람이 없어질 때까지 기다리고 기다린 끝에 이 기회를 잡았어! 여기에는 인적이 없으니까, 인사를 나누면서 겸사겸사 몸을 좀 조물조물해줘도 괜찮을 거야!"

"어이, 잠깐만 있어봐."

나는 메구밍을 향해 걸어가려 하는 여자 프리스트의 팔을 움켜잡았다.

"어, 이 상황에서 나를 헌팅하는 거야? 세게 나오는 남자도 싫어하지 않지만 지금은 그럴 기분이 아냐. 그리고 나는 부자 혹은 미남 말고는 관심이 없어."

"내가 그런 정신 나간 짓을 할 것 같아? 나는 지금 미행 중이라고. 네가 나서면 바로 들킬 거란 말이다."

"어, 로리 소녀를 미행…… 설마 변태야?!"

"그딴 소리는 자기 주제를 알고 해! 그리고 듣자하니 너는 폭렬걸과 아는 사이 같은데, 맞지?"

"함께 목욕도 한 사이야. 육체와 혼으로 이어진 언니 같은 존재라고 할까?"

의기양양한 어조로 그렇게 말했지만 이 녀석의 언동은 하나같이 거짓말 같았다.

그것보다 아쿠시즈 교도의 말을 믿는 녀석은 이 세상에 없을 거라고…….

"언니 운운은 못 믿겠지만 일단 아는 사이이기는 한 거냐. ……저기, 재회의 인사는 나중에 나누는 게 어때?"

"왜 그래야 하는데? 지금 확 끌어안고 로리 스멜~을 가슴 가득 들이마시고 싶단 말이야."

위험한 녀석이라고 생각하기는 했지만 이 정도일 줄이야.

폭렬걸이 무슨 짓을 당하든 내가 알 바 아니지만 우리가 이곳에 있다는 것을 카즈마 일행에게 들키는 건 곤란하다.

아무래도 대충 둘러대서 이 녀석을 말릴 수밖에 없을 것 같군.

"정 가겠다면 말리지는 않겠어. 하지만 정말 괜찮겠어? 지금 저 녀석이 어디 있는지 생각해봐. 강가에 혼자 있다고. ……내 말이 무슨 뜻인지 알겠지?"

"서, 설마. 볼일―."

"물놀이를 하려는 거겠지."

나는 상대의 변태 발언을 막기 위해 딱 잘라서 그렇게 말했다.

"그럼 이야기가 달라지네. 좋아. 그럼 눈물을 삼키고 참아

볼래!”

이를 악물며 주먹을 말아 쥘 정도의 일은 아니라고 생각하지만 자중해준다면 나로서는 더 바랄 것이 없다.

나는 이 여자 프리스트와 함께 멀찍이서 폭렬걸을 관찰했다. 그리고 폭렬걸은 강을 따라 이동했다.

곧 내 시야에는 울타리로 둘러싸인 공간이 들어왔다.

“간판이 있네. 어디어디…… 파오리 양식장. 그러고 보니 카지노에서 이곳의 관광명소 중 한 곳이 파오리 양식장이라는 말을 들었어. 어, 직원과 다투고 있는 것 같네?”

“무슨 일이 터지면 바로 나서야해!”

나는 거친 콧김을 뿜고 있는 여자 프리스트를 경계하면서 폭렬걸을 주시했다.

폭렬걸이 양식장에 다가가려 하자 직원으로 보이는 사람들이 그녀를 필사적으로 말리고 있었다.

목소리가 들리는 곳까지 몰래 다가가보니 그들의 고함 소리가 들렸다.

“또 온 거냐! 다들, 빨리 막아!”

“누가 밧줄을 가져와! 입을 확 막아버리라고!”

“뭐, 뭐하는 거죠!? 하, 하지 마~!!”

직원들은 버둥거리는 폭렬걸을 어떻게든 제압하려 했지만 예상치 못한 거센 저항 탓에 고전하고 있었다.

“로리 주제에 힘이 되게 세네! 아얏, 이익, 날뛰지 말라고!”

"어린애라고 생각하지 마! 피에 굶주린 야수라고 생각해!"

소녀가 다 큰 남자들에게 꼼짝달싹 못하게 잡히게 생겼다. 이 광경만 본다면 폭렬걸을 구하러 나서야 할 것 같지만…… 저 녀석의 평소 행실을 생각해보면 분명 저러는 이유가 있을 것이다.

"저의 메구밍한테 무슨 짓을 하는 거죠?! 빨리 놓으세요!"

나는 금방이라도 튀어 나가려 하는 여자 프리스트의 옷자락을 움켜잡았다.

"저 녀석은 네 것이 아냐. 그리고 어차피 구해줄 거면, 좀 더 위기에 처했을 때 나서야 고마워할 것 같지 않아?"

"위기에 처한 순간, 자기가 언니라 여기며 따르는 미인 프리스트가 바람처럼 나타난다! 그거 괜찮네. 당신, 머리가 잘 돌아가는구나!"

프리스트가 사리사욕에 눈이 멀어 눈앞에서 벌어지고 있는 악행을 눈감아주는 것도 문제라고 생각하지만, 이 녀석은 아쿠시즈 교도잖아. 태클은 날리지 않을 거라고…….

하지만 왜 폭렬걸이 멍석말이를 당하고 있는 거지?

이럴 줄 알았으면, 그저께 키스 녀석들한테서 폭렬걸이 어떤 사고를 쳤는지 자세하게 들어둘 걸 그랬다. 그리고 도와주더라도 우리가 여기 있다는 걸 들킬 수는 없다.

"잠시만 상황을 지켜보기로 할까?"

조금 더 다가가니 저들이 나누는 대화가 똑똑히 들렸다.

"그저께 그딴 짓을 해놓고 뻔뻔하게 또 나타난 거냐! 우리가 정성을 들여 기른 파오리들을 몰살시켜놓고……."

"파오리 무리를 보면 다짜고짜 폭렬마법을 날리는 게 상식적인 행동이잖아요!"

"그딴 상식은 들어본 적도 없거든?!"

아하. 그저께 폭렬걸이 저지른 소동은 바로 파오리 양식장에서의 폭렬마법 소동인 건가.

파오리는 경험치를 많이 줄 뿐만 아니라 고기도 맛있는 몬스터라서 모험가에게 있어 최고의 사냥감이라는 건 인정한다. 그래도 남이 기르는 파오리를 죽이는 건 좀 그렇잖아……. 인간이 할 짓이 아니라고.

"이곳의 파오리는 죽기 위해 길러지고 있는 거잖아요. 그렇다면 이름 모를 모험가나 귀족 녀석들한테 살해당할 바에야, 폭렬마법을 쓰는 위대한 대마법사 메구밍의 양식이 된 것을 진심으로 기뻐해야 한다고 생각해요!"

"저 세상에서 오열하고 있을 거야!"

망토를 펄럭이며 가슴을 편 폭렬걸은 비난을 받으면서도 태연자약했다. 진짜 철면피네.

좋아, 이 녀석은 도와주지 않아도 되겠어!

아무리 생각해도 직원들은 잘못이 없다. 그냥 방치해두자.

"그저께 일의 배상금이라면 그 사람들이 지불했을 텐데요?"

"그래. 그 젊은이들이 울먹거리면서 냈지……."

이 녀석이 날려버린 파오리 값을 그 경박해 보이던 남자들이 낸 건가.

그래……. 그 녀석들도 고생했네. 안됐는걸.

"이제 그만 돌아가. 더는 너와 얽히고 싶지 않아."

"훗, 그런 소리 하면 안 될 텐데요? 다크니스한테서 용돈을 받았거든요. 오늘은 파오리 값을 가지고 왔다고요."

"너, 파오리를 몰살시키고도 직성이 안 풀린 거냐……. 됐다, 됐어. 좋을 대로 해. 만족하면 돌아가. 그리고 두 번 다시 우리 앞에 나타나지 말라고."

지칠 대로 지친 표정의 직원들에게서 해방된 폭렬걸은 희희낙락한 뒤 아직 살아남아 있는 파오리들을 쫓아다녔다.

누가 카즈마 좀 불러와…….

"메구밍 양이 참 즐거워 보이네. 후훗, 나도 참가할까?"

"이야기가 더 복잡해질 테니까 관둬. 그러고 보니 너는 사람을 찾고 있지 않았어?"

"앗……. 하지만 행방불명된 제스터 님을 찾는 것보다, 즐겁게 놀고 있는 메구밍 양을 시선으로 능욕하는 게 더 중요하다고 생각해."

"그렇게 생각하는 건 너뿐이거든? 저 녀석이 어느 여관에 묵는지 가르쳐줄 테니까, 밤에라도 찾아가서 만나보는 게 어때? 너와 마찬가지로 아쿠시즈 교도인 파랑머리 프리스트도 있다고."

이대로 재회하게 했다간 미행이 어려워질 것 같아서 나는 그런 제안을 했고 그녀는 눈을 동그랗게 뜨며 놀랐다.

"아쿠아 님도 계신 거야?"

"그래. 역시 아는 사이구나. 하긴, 아쿠시즈 교도는 숫자가 얼마 안 되지."

"그럼 이야기가 달라지네. ……제스터 님을 찾으러 가야겠어!"

여자 프리스트는 폭렬걸을 바로 포기하더니 어딘가로 뛰어갔다.

아쿠시즈 교도의 생각은 도통 알 수가 없다니깐…….

9

파오리를 섬멸하고 만족한 폭렬걸이 여관으로 돌아갔을 때 카즈마 일행도 여관에 돌아와 있었다.

린을 비롯한 다른 녀석들의 이야기에 따르면 다크니스는 이 마을에서 정보를 모은 것 같았다. 연회 프리스트는 카지노에서 용돈을 전부 날렸다고 한다.

밤에는 별다른 움직임이 없었기에 우리도 쉬기로 했다.

그 후로도 카즈마와 아이리스는 매일같이 성으로 향했고, 다른 녀석들은 따로 행동했다. 그리고 별다른 소동이 일어나지 않는 하루하루가 흘러갔다.

……때때로 성 쪽에서 환성이나 비명, 그리고 굉음이 들렸

지만 말이다.

이대로 느긋하게 하루하루를 보내며 관광을 하는 듯한 기분에 젖어있던 바로 그때, 성에서 돌아온 카즈마의 반응이 좀 이상했다.

"카즈마가 불같이 화를 내더라고. 그 녀석을 절대 용서 못한다고 중얼대더라니깐. 그리고 아가씨도 꽤 풀이 죽은 건지, 카즈마의 말도 귀에 들어오지 않는 것 같았어."

오늘 카즈마를 담당했던 키스가 팔짱을 끼고 하늘을 올려다보았다.

"저기, 그 애는 진짜로 약혼 상대를 만나러 왔을 뿐인 걸까? 좀 수상하지 않아?"

"의뢰주인 레인이 그렇게 말했으니 믿어볼 수밖에 없잖아. 만약 다른 의도가 있더라도 우리는 알 수가 없다고. 그것보다, 앞으로 어떻게 하지?"

우리가 할 일은 카즈마 일행의 감시와 아이리스의 호위다. 이 일이 일국의 중대사일지라도 깊이 관여할 이유는 없다.

일개 모험가가 어찌할 수 있는 일이 아니거든. 왕녀님의 기분전환에 어울려주는 게 한계다.

게다가 공주님에게는 마음에 둔 상대가 있는 것 같거든. 정신적 케어는 절친, 너한테 맡기겠어.

"카즈마는 때때로 말도 안 되는 일을 벌이잖아. 솔직히 좀 걱정이 되긴 해."

"카즈마는 평소 말썽쟁이의 보호자 격이지만 의외로 행동력이 있잖아."

테일러와 린이 걱정하는 것도 무리는 아니다.

카즈마 일행은 액셀의 성벽을 파괴하거나 영주의 저택을 박살내버린 적이 있다. 그리고 결혼식장에서 신부인 다크니스를 신랑인 알다프한테서 강탈한 적도 있다.

그런 말도 안 되는 짓을 엘로드에서 벌이더라도 이상할 것이 없다. 아니, 이미 저질렀다.

"저 녀석들의 여관에 누가 몰래 숨어들어서 정보를 수집하는 게 어때?"

"그 일이라면 제가 맡아도 될까요? 여기까지 데려와주신 답례를 하고 싶거든요. 저의 마법은 전투에는 도움이 안 되지만 그런 일에는 도움이 될 거라고 생각해요!"

힘차게 손을 들고 그렇게 말한 로리 서큐버스에게 전부 떠넘길까도 생각했지만, 어찌된 영문인지 나도 동행하게 됐다.

"왜 나도 같이 가야 하는 건데?"

"며칠 동안 감시를 하는 척 하면서 카지노에 틀어박혀 지냈기 때문 아닐까요? 게다가 돌아갈 때의 여비까지 손댔잖아요."

카즈마 일행이 묵고 있는 고급 여관 인근에서 내가 투덜거리자 옆에 있던 로리 서큐버스가 어이없다는 표정을 지었다.

"어쩔 수 없잖아. 카지노가 존재하는 게 문제라고!"

"자제심이라는 건 없나요?"

"없어! 하고 싶은 일은 한다! 하기 싫은 일은 농땡이를 피운다! 그게 남자의 인생이란 거라고!"

"이 세상 모든 남자 분들에게 사과하세요."

나는 잔소리를 해대는 로리 서큐버스를 무시하고 눈앞의 건물을 올려다보았다.

우리가 묵는 여관보다 훨씬 고급스러워 보이는 건물이다.

"이런 곳에 숨어드는 건 쉽지 않을 거야. 으음, 어떻게 한다? 확 불을 질러서 종업원들이 헐레벌떡 뛰어나오면, 그 틈에 숨어들까? 좋아, 네가 불을 질러."

"싫어요!"

내가 중요한 임무를 양보해줬지만 로리 서큐버스는 주먹을 휘두르며 거부했다.

"방법은 이미 생각해 뒀으니까, 저한테 맡겨 주세요. 간단히 들어갈 수 있으니까 따라오기나 해요."

로리 서큐버스는 자신만만한 표정으로 여관 앞에 서더니 그대로 문을 열고 안으로 들어갔다.

"어, 어이, 그러다 쫓겨날 거라고!"

내가 말리기도 전에 이 여관의 경비원으로 보이는 남자들이 우리를 막아섰다.

이럴 줄 알았다고!

"안녕하세요~."

로리 서큐버스는 험악하게 생긴 남자들에게 인사를 건넸다. 무슨 생각인 거지?

"오~, 자주 오는구나. 오늘도 놀러온 거니?"

남자들이 좌우로 갈라지더니 일전에 카지노에서 나와 뜨거운 대결을 펼쳤던 영감이 모습을 드러냈다.

저 녀석도 여기에 묵고 있는 건가.

"예. 오늘은 친구인 더스트 씨도 같이 왔는데, 괜찮을까요?"

"이야, 물론이지~. 로리사 양의 친구라면 환영이라네. ……으음, 카지노에서 봤던 그 남자로군. 이 할아버지로선 양아치와 어울려 다니는 건 좀 그렇구나. 로리사 양, 친구는 가려서 사귀는 게 어떠니?"

질색을 하는 눈길로 쳐다보지 말라고…….

"예, 명심할게요. 요즘은 잘 주무세요?"

"그래. 로리사 양 덕분이란다. 로리사 양과 이야기를 나눈 후에는 좋은 꿈을 꾸거든. 매일 푹 자고 있지. 걱정해줘서 고맙구나."

만면에 미소를 짓고 상냥한 어조로 말하는 그 모습은, 손주와 만난 호호 할아버지 그 자체였다.

어느새 이렇게 친해진 거지?

"더스트 씨가 이 커다란 여관 안을 구경하고 싶다고 떼를 써서 그러는데, 좀 둘러봐도 괜찮을까요?"

로리 서큐버스는 볼에 손가락을 대더니 몸을 배배 꼬면서 어리광을 부리는 말투로 그렇게 말했다.

할 말이 많지만 도움이 되고 있으니까 그냥 입 다물기로 했다.

"물론 괜찮지. 이 여관의 오너에게는 내가 말을 해둘 테니, 자유롭게 둘러보렴. 용돈도 주마."

"고마워요, 할아버지. 사랑해요~."

로리 서큐버스가 목을 꼭 끌어안자, 저 영감의 표정이 더욱 밝아졌다.

서큐버스답게 남자를 농락하는 기술 하나는 진짜 대단한걸.

여관 안을 자유롭게 돌아다닐 수 있게 된 나와 로리 서큐버스는 사전에 파악해둔 카즈마 일행의 방 앞에서 귀를 쫑긋 세웠다.

꽤 큰 목소리로 떠들어대고 있기에, 문 너머로 목소리가 확연하게 들렸다.

『—그렇게 됐으니까, 그 망할 꼬맹이에게 뜨거운 맛을 보여줄까 해.』

『음. 카즈마, 말 잘했다. 돈 버는 재주밖에 없는 엘로드의 인간 따위에게 우리 베르제르그가 모욕을 당했으니 말이다! 아이리스 님을 모욕한 그 꼬맹이를 갈기갈기 찢어주자꾸나!』

카즈마와 다크니스가 분노를 터뜨리고 있었다.

이야기를 훔쳐듣고 뭐가 어떻게 된 건지 대충 이해했다.

아이리스는 엘로드의 제1왕자인 레비와 약혼을 했지만 상대방이 일방적으로 그 약혼을 파기했다. 게다가 베르제르그 왕국에 대한 방위비 원조 또한 중단하겠다고 말한 것이다. 그뿐만 아니라 아이리스를 모욕하는 발언까지 해댄 탓에 카즈마가 완전히 뚜껑이 열린 것 같았다.

이 나라의 재상은 돈이 없어서 방위비를 줄 수 없다고 말했지만 이 마을을 둘러보기만 해도 돈이 넘쳐난다는 것을 알 수 있었다.

……뭔가 꿍꿍이가 있는 것 같은데 우리와는 상관이 없으려나.

"저, 저기, 이야기를 들어보니 이리스 씨의 정체가 아이리스 왕녀님이라는 것 같은데……. 제가 잘못 들은 거겠죠?"

"제대로 들은 거야. 그리고 비밀로 해달라고."

"예엣……?!"

로리 서큐버스가 고함을 지르려고 하자 나는 그녀의 입을 손으로 막았다.

"국가 간의 문제와 관련된 거니까 아무한테도 말하지 마. 까딱 잘못하면 목이 날아갈 수도 있어."

입이 막힌 로리 서큐버스가 몇 번이나 고개를 끄덕였고 나는 이제 괜찮을 거라고 생각해서 그녀의 입에서 손을 뗐다.

"더스트 씨는 알고 있었어요? ……설마 이 비밀이 들통나는 것을 원치 않는다면 돈을 내놔라, 같은 식으로 상대방을 협박한 건가요?!"

어이, 겁먹은 척 뒷걸음치는 시늉은 하지 말라고…….

"나는 국가를 적으로 돌릴 만큼 바보가 아니거든? 그런 짓을 왜 하겠어. 전에 얽혔을 때 우연히 알게 된 것 뿐이야. 뭐, 모르는 척 하고 있기는 하지만……. 너도 그냥 입 다물고 있는 편이 신상에 좋을 거야."

"그렇겠죠. 그냥 몰랐으면 좋았을 것 같네요."

자, 이제 어떻게 한다?

이 녀석들은 툭하면 바보 같은 짓을 하지만 평소 같으면 카즈마가 다른 녀석들을 말린다. 하지만 이번에는 카즈마가 솔선에서 사고를 치려고 하는 것이다. 솔직히 말해 매우 위험한 상황이다.

"일단 동료들한테 돌아가 보자."

몰래 여관 밖으로 나간 우리는 린 일행과 합류했다.

그리고 그 녀석들의 꿍꿍이를 중요한 부분만 빼고 설명했다.

"아가씨의 약혼자가 건방지게 군 바람에 카즈마네 녀석들이 완전히 뚜껑이 열려서 사고를 치려고 한다는 거구나. 심정은 이해하지만 그래도 너무 심한 거 아냐?"

"한밤중에 폭렬마법을 써서 소동을 일으킨 후, 성의 경비가 느슨해진 틈에 카즈마가 몰래 숨어들어가서 거기 있는 약혼자를 협박한다는 거지? 완전히 범죄네."

"말리는 게 좋겠지만 우리가 여기에 있다는 걸 들키면 계약 위반이지."

동료들이 머리를 맞대고 상의를 하는 모습을 지켜보던 나는, 아까부터 뭔가가 마음에 걸렸다.

그 녀석들의 작전을 듣고 비슷한 걱정을 하기는 했지만 뭔가 착각을 하고 있는 느낌이 드는걸.

"이곳이 액셀 마을이라면 폭렬마법을 쓰더라도 꾸중이나 좀 듣고 말겠지만 말이에요."

로리 서큐버스가 쓴웃음을 짓고 그렇게 말한 순간…… 나는 뭔가를 깨달았다.

"그래. 맞아. 여기는 엘로드잖아. 그러니까 괜찮겠네."

내가 그렇게 말하자 다들 영문을 모르겠다는 듯이 미간을 찌푸렸다.

카즈마 일행을 미행해보니 그들은 보초를 서고 있는 병사들 몰래 마을 밖으로 나갔다.

우리는 마을 인근에 숨은 채 《천리안》으로 그들을 살피고 있는 키스의 말에 귀를 기울였다.

"저 녀석들, 언덕 위로 올라갔어. 어이, 진짜로 하려는 건가? 메구밍이 마법을 영창하기 시작했다고!"

키스의 시선이 향하는 곳을 보니 한밤중에 기묘한 빛이 떠올라 있었다.

저건 폭렬마법의 빛인가!

"귀를 막아!"

우리가 두 손으로 귀를 막은 순간, 폭음과 폭풍이 밀려왔다.

"이, 이 빛과 소리는 뭐야?!"

문 근처에 있던 병사들이 허둥대고 있을 때 내가 당황한 척 하면서 그들을 향해 뛰어갔다.

"도, 도와줘! 저쪽 언덕 위에서 엄청난 위력의 마법을 쏘고 있는 정신 나간 놈들이 있어!"

"뭐?! 그게 어디지?! 자세하게 알려다오!"

나는 카즈마 일행이 있는 곳을 알려준 후 그곳으로 향하는 병사들을 쳐다보았다.

그리고 동료들과 함께 몰래 따라가 보니, 언데드에게 쫓기고 있는 연회 프리스트와 카즈마 일행이 체포당하고 있었다.

그 일련의 사태를 아연실색한 표정으로 지켜보고 있던 동료들을 향해—.

"어때? 걱정할 필요 없지?"

—라고 말했다.

"이곳은 액셀이 아냐. 저런 짓을 벌인다면 저렇게 잡혀 가는 게 정상이라고. 언데드가 왜 몰려든 건지는…… 모르겠지만 말이야. 감옥에 갇히면, 더 이상 바보 같은 짓을 못할 거야. 자, 돌아가서 자자."

시끌벅적한 밤이 끝나고 정신적으로 지친 동료들이 잠든 후…… 나는 몰래 방을 나섰다.

최근 며칠 동안은 돈이 없어서 얌전히 지냈는데 오늘은 좀 즐겨도 괜찮겠지.

액셀 마을에는 밤이 깊으면 대부분의 가게가 문을 닫지만 엘로드는 다르다.

카지노는 잠들지 않는다. 그래서 그런지 한밤중인데도 카지노가 있는 이 마을은 휘황찬란했다.

"군자금도 있잖아."

내 수중에는 돈이 꽤 있었다. 이것은 로리 서큐버스에게 푹 빠진 영감이 「로리사 양에게 건네주게」라고 말하며 나에게 맡긴 용돈이었다.

이걸로 도박을 해서 몇 배로 불린 다음, 로리 서큐버스에게 돌려주면 문제될 것이 없다.

"자, 감옥에 갇힌 카즈마 일행에게는 미안하지만 마음껏 즐겨보도록 할까! 전에 난리를 쳤던 가게에는 출입금지를 당했으니까, 오늘은 여기서 놀아야겠네."

돈을 왕창 따면 로리 서큐버스에게 곱절로 돌려주고, 남은 돈으로 지금 숙소보다 더 좋은 곳에 동료들과 함께 묵어야겠다.

바닥은 차가운 돌로 되어 있고 눈앞에는 녹슨 쇠창살이 있었다.

곰팡이 냄새가 진동하는 이 방에 있는 것이라고는 죄수를 묶는 쇠사슬과 더러운 화장실뿐이었다.

눈앞의 통로에서 스며드는 불빛을 멍하니 쳐다보며 나는 머리를 긁적였다.

"……어쩌다 이렇게 된 거야아아아아앗!"

나는 현재, 감옥에 있었다.

제3장 저 두목과 탈옥을

1

액셀 마을에서 자주 신세를 졌던 감옥보다 넓기는 했다.

하지만 천장이 낮고 창문도 없어서 갑갑하게 느껴졌다.

"내가 왜 감옥에 있는 거지?"

나는 감옥에 익숙한 편이지만 이곳에 있는 이유가 생각나지 않았다.

"카지노에서 술을 마시면서 승부를 했고…… 연패를 하다…… 딜러가 미인 누님이라 성희롱을 하면서 난동을 부렸더니, 경찰이 와서 「이 녀석, 요주의인물 중 한 명이잖아!」라고 말한 뒤 그대로 체포했지. 거기까지는 생각이 나는데, 내가 왜 이런 곳에 있는 거지?"

"그 일이 원인 아닐까요?"

누가 내 혼잣말에 태클을 날렸다.

복도를 사이에 두고 맞은편에 있는 감옥에서 들려온 목소리였다.

어둑어둑해서 잘 보이지 않지만 유심히 보니 누군가가 있었다.

“나 말고 다른 사람이 있었구나. 당신도 카지노에서 난동을 피운 거야?”

“아뇨. 저는 카지노에서 돈을 잃은 사람들에게 인생이 얼마나 위대한 것인지 설명했을 뿐이죠. 「그대, 고민에 잠길 바에야 현재를 즐기며 사시오. 즐거운 일만 하시오. 자신의 마음을 억누르지 말고, 본능에 따라 나아가시오」라고 말하며 도박을 더하라고 권했을 뿐입니다.”

“……응?”

비슷한 말을 들은 적이 있는 것 같은데…….

“저는 교의를 설파했을 뿐이지만 설법을 들은 분들의 가족께서 항의를 하시더군요. 「남편이 바보가 됐어!」, 「도박에 지고도 이상한 변명을 늘어놓게 됐잖아!」, 「뻔뻔하게 굴면서 안 졌다고 우겨대!」 같은 근거 없는 소리를……”

“근거가 넘치고 흐르네…….”

“기왕이면 좀 더 경멸하는 눈빛으로 쳐다보며 침을 뱉어 줬다면 좋았을 텐데 말이죠.”

약간 호흡이 거칠어진 이 남자의 말을 듣고 확신했다.

이 녀석은 틀림없이—.

“너, 아쿠시즈 교도지?”

“호오, 용케도 눈치챘군요. 사람을 보는 안목이 있으시군요.”

“누구라도 눈치챌걸? 너는 언제부터 여기에 있었던 거야?”

"글쎄요. 대충 2주 정도 됐을까요. 하지만 당신이 와줘서 정말 다행입니다. 밥은 저녁에만 주는데, 그때까지 쭉 혼자서 시간을 때워야했죠. 방치 플레이도 나쁘지 않지만 저는 직접 능욕을 당하는 걸 좋아하죠. 여교사 느낌의 간수가 상대라면 더 흥분될 것 같아요."

네 성적 취향 같은 건 관심 없다고.

이 녀석은 2주나 이곳에 갇혀 있었던 건가. 의외인걸.

"마을에서 들은 이야기에 따르면, 이곳은 흉악범이 적기 때문에 이 감옥은 주정뱅이나 돈 없는 녀석들을 보호하는 시설에 가깝다고 들었어. 그래서 제멋대로 날뛰어도 괜찮을 거라고 믿었거든. 젠장, 완전 당했어!"

"저도 그 소문을 들었습니다만 아무래도 이곳은 경범죄자가 아니라 드물게 있는 성가신 범죄자를 가두는 특별한 감옥 같군요. 이 나라의 재상이 극비리에 건조했다고 들었어요."

오호라. 돈을 잃고 난동을 부리는 바보라면 돈을 구하려고 강도짓을 할지도 모른다. 치안이 좋으니 그걸 이용하는 쓰레기도 있다는 건가.

"하지만 나를 극악한 범죄자 취급하는 건 이상하지 않아? 술 마시고 성희롱을 하면서 난동을 부렸을 뿐이라고. 액셀 마을 같았으면 하룻밤 철창 신세를 지거나 설교 정도로 넘어갔을 거야."

"그래요. 이 마을에는 관용이 부족하죠. 정말 한탄스럽군요. 아쿠시즈교의 가르침을 널리 알려서, 마을 사람들이 대범한 마음으로 자유분방하게 살도록 이끌어야겠어요.”

“그러지 마. 아르칸레티아 같은 마을을 또 만들지 말라고.”

아쿠시즈교의 총본산인 아르칸레티아에서는 진짜 말도 안 되게 고생했다.

그 마을에서 지내기만 해도 미쳐버릴 것만 같았다. 돈을 준다고 해도 두 번 다시 가고 싶지 않은 곳이다.

“호오, 아르칸레티아를 잘 아시는가 보군요. 사실 저는 아쿠시즈교의 최고책임자로서 그 마을을 맡고 있는 제스터라고 합니다. 앞으로 잘 부탁드립니다.”

그렇게 말하며 쇠창살 쪽으로 걸어온 남자는 아쿠시즈교의 법의를 걸치고 있었다.

이 녀석이 그 민폐 집단의 우두머리인가.

시원찮게 생긴 아저씨로 보이지만…… 왠지 위화감이 느껴졌다. 아까 전의 언동이 전부 거짓이거나 연기일 리는 없지만 뭐랄까…… 아니, 지나친 생각일 것이다. 아마 기분 탓이겠지.

“네가 제스터구나. 여자 프리스트가 너를 찾아다니더라고.”

“그런가요. 저를 찾으러 온 사람은 아마 세실리 양이겠죠. 아니면 트리스탄 양일까요. 어쨌든 간에 교단 여러분들이 사라진 저를 걱정하고 있는 것 같군요.”

그는 감동한 건지 깍지를 끼고 기도를 드렸다.

사실 이 남자를 찾는 건 진즉에 포기하고 놀고 있었다는 건 비밀로 해주자.

“걱정……. 하룻밤 만이라면 괜찮겠지만 며칠이나 여기에 갇혀 있다간 그 녀석들이 시끄럽게 굴 거야. 하아~, 돌아가더라도 테일러와 린한테 설교를 듣겠지.”

“교회 여러분들이 걱정하고 있는 것 같고, 저도 이 감옥 플레이에 질려서 슬슬 나가고 싶습니다.”

하지만 지금 나에게는 이 감옥을 빠져나갈 방법이 없다. 간수에게 상황을 설명하고 싶지만 주위를 둘러보아도 눈앞에 있는 이 법의 차림의 남자밖에 없었다.

어떻게든 하고 싶지만 어찌할 방법이 없는 건가.

내가 그런 생각을 하고 있을 때, 또각또각 하는 하이힐 소리가 복도에 울려 퍼졌다.

“당신이 한밤중에 이곳에 갇힌 사람인가요.”

모습을 드러낸 것은 빨간색 머리카락을 포니테일 모양으로 묶고 눈매가 날카로운 여자였다.

미인이지만 옷차림과 분위기가 액셀 마을에서 만났던 검찰관 세나를 연상케 했다.

“원래라면 일반 감옥에 가둬야겠지만 어제는 주정뱅이와 문제를 일으킨 자가 많아서 특별히 이곳에 가두게 됐어요.”

카즈마 녀석들을 말하는 건가?

“뭐야, 그렇게 된 거구나. 괜히 겁먹었네. 나는 곧 풀려나겠네?"

"그래요. 이제부터 사정 청취를 해서 수상한 구석이 없다면 말이죠. 이건 거짓말을 감지하는 마도구예요. 이걸 이용해 질문을 할 테니, 솔직하게 대답해 주세요."

그녀는 통로 끝에 놓여 있는 낡은 책상에 조그마한 벨을 내려놨다.

저것은 내가 예전에도 몇 번 신세를 진 적이 있는 마도구였다. 거짓말을 할 때마다 시끄러운 소리를 내는 녀석이다.

이 마도구로 신문을 하려는 것을 보면, 세나를 닮은 이 녀석도 검찰관인가.

"저런 미인에게 신문을 받는 건 포상이나 다름없죠……."

제스터가 그런 소리를 했다.

검찰관은 제스터를 힐끔 쳐다보기만 할 뿐, 아무 말도 하지 않았다. 그녀의 표정은 모멸감으로 가득 차 있었다.

"그래, 좋아. 찔리는 구석은 하나도 없거든."

딸랑, 하고 벨이 울렸다.

"……아직 질문도 안했는데 말이죠."

망할 마도구가 느닷없이 반응을 했다.

검찰관이 할 말이 있는 눈길로 계속 쳐다보자 나는 슬그머니 시선을 피했다.

"어험! 그럼 다시 묻죠. 당신은 이름은 뭔가요?"

"더스트야."

딸…… 하고 벨이 울리려다 곧 멎었다.

"어머? 이상한 반응을 보이는군요. 울리려고 하다 안 울리네요. 고장 난 걸까요?"

이래서 나는 저 마도구가 싫다고…….

"다른 질문을 해보면 고장이 난 건지 아닌지 알 수 있는 거 아냐?"

"그것도 그렇군요. 그럼 어제 카지노에서 치한 및 폭력행위를 한 건 틀림없나요?"

"어이, 그건 가벼운 스킨십 같은 거라고. 술에 취해서 휘청대다 손과 가슴이 부딪치는 건 흔한 일이잖아? 그러다 무심코 움켜쥐었을 뿐이야."

"무심코 몇 번이나 움켜쥐지는 않을 것 같은데요?"

"……우연이 겹쳤을 뿐이야."

"피해자 측의 말에 따르면, 당신이 자신의 가슴과 엉덩이를 몇 번이나 주물러댔다더군요."

"……묵비권을 행사하겠어!"

사소한 것까지 되게 따지네. 검찰관이란 녀석들은 왜 하나같이 이렇게 찰거머리 같은 거냐고…….

"게다가 폭력행위는 너무 과장된 표현 아냐? 주먹으로 있는 힘껏 쥐어박아줬을 뿐이라고. 액셀 마을이라면 경찰도 부르지 않고 그 자리에서 나를 자근자근 밟아주는 선에서 처리됐을 걸?"

여자 검찰관은 벨을 쳐다보았지만 반응을 보이지 않았다.

"아르칸레티아에서도 경찰에게 쫓기다 잡히면 설교나 좀 듣고 말죠. 이렇게 감옥에 가두지는 않을 겁니다."

여자 검찰관은 제스터의 말을 듣고 또 벨을 쳐다보았지만 반응을 보이지 않았다.

"……당신들이 사는 마을은 무법지대인가요? 아까 만났던 액셀 마을에서 온 분들도 같은 말을 하더군요."

"거 말이 심한 거 아냐? 범죄를 저지르면 잡혀가긴 한다고. 모험가가 성벽을 파괴하거나, 영주의 저택을 폭발시켰을 때는 잡혀갔단 말이야."

"모, 모험가가 말인가요?! ……그건 마왕군의 짓이 아닐까요?"

검찰관은 허둥대면서 몇 번이나 벨을 쳐다보았지만 여전히 침묵을 지키고 있었다.

사실이니 울릴 리가 없다.

"액셀 마을의 모험가는 대체……. 으, 으음. 아까 전의 사정 청취 때도 반응을 하지 않았던 것을 보면, 이 마도구는 고장 난 걸지도 모르겠네. 뭐, 좋아요. 더스트 씨였나요. 이번에는 경범죄만 저질렀으니 일반 감옥으로 옮겨드리겠습니다."

"당연하지. 나는 체포될 만한 짓을 눈곱만큼만 했다고!"

"잘됐군요. 더스트 씨. 그런데 저는 언제까지 이곳에 있어야 하지요? 저도 착오로 인해 이곳에 갇히게 된 것일 테니, 지금이라도 사과하는 게 좋을 겁니다. 자신의 잘못을 인정한다면, 저의 얼굴을 짓밟으면서 츤데레 느낌으로 사과해주지 않겠습니까?"

제스터는 지면에 벌러덩 드러눕더니 검찰관을 올려다보며 그런 요구를 했다.

검찰관은 허둥지둥 치마를 누르고 뒷걸음질을 쳤다.

"다, 당신은 재상이신 러그크래프트 님께서 풀어주지 말라는 명을 내리셨어요! 자세한 건 알지 못하지만 대체 무슨 짓을 한 거죠?"

"그게 말이죠……."

"당신은 그걸 알 권리가 없습니다."

제스터가 가슴을 펴며 의기양양한 어조로 이야기를 하려던 순간, 날카로운 인상의 남성이 그의 말을 막고 모습을 드러냈다.

"러그크래프트 님!"

검찰관은 등을 꼿꼿이 펴고 쇠창살 쪽까지 물러났다.

이 녀석이 소문이 자자한 재상인가. 카지노에서 들은 이야기에 따르면 이 나라의 왕자는 바보지만 재상은 상당한 수완가라고 했다. 그래서 왕자가 아니라 재상인 러그크래프트가 이 나라를 주름잡고 있는 것 같았다.

그런 남자가 이곳에 나타날 줄이야. 제스터는 대체 무슨 짓을 한 거지?

"이 자와 할 이야기가 있으니, 당신은 돌아가도록 하세요."

"예! 실례하겠습니다!"

검찰관은 경례를 한 후 돌아갔다.

통로 끝의 문이 닫힌 것을 확인한 러그크래프트가 제스터를 돌아보았다.

"보고서에 따르면, 아쿠시즈교 최고 책임자이자 아크 프리스트라더군. 하필이면 아쿠시즈 교도인가…… 하아."

진심으로 질색하며 한숨을 내쉬는 저 녀석의 심정을, 나는 진심으로 이해할 수 있었다.

아쿠시즈교와 얽혀서 좋은 꼴을 본 적이 없으니까 말이다.

"카지노 시찰 중에 나와 마주쳤던 건 기억하고 있겠지?"

"물론이죠. 평소처럼 포교를 하고 있을 때, 당신이 민폐 행위를 관두라고 하는 생트집을 잡았죠."

"카지노에서 포교행위를 하지 말아달라는 상식적인 말을 했을 뿐인데……. 그건 그렇고, 그때 나한테 무슨 소리를 했는지 잊지는 않았을 거다."

나를 완전히 무시한 채 이야기를 나누고 있지만 어떤 내용인지 궁금했기에 그냥 입 다물고 듣기로 했다.

"흠, 당신의 심기를 건드리는 소리를 했던가요? 엘로드의 국교(國教)를 아쿠시즈교로 하는 게 어떠냐는 제안을 했던 건 기억하고 있습니다만……."

"그건 세상이 뒤집혀도 있을 수 없는 일이지. 그것보다, 그 후에 무슨 말을 했는지는 기억하지 못하나? 나를 매도했지 않느냐."

자기한테 한 악담 때문에 앙심을 품은 건가?

캬~, 귀족 녀석들은 하나같이 간이 콩알만 하다니깐. 뭐, 다크니스는 다르지만 말이야. 그 녀석은 매도나 독설을 들으면 그걸 포상이라고 여길 거야.

"아~, 그것 말이군요. 「카지노로 번 돈을 마왕군에게 바치면서 결탁하고 있군요」, 「당신, 실은 마왕군의 일원 아닌가요?」 같은 소리를 하긴 했죠."

"기억하고 있군. 당시에는 아쿠시즈 교도의 망언이라고 여기며 얼버무렸지만 그래도 한 종파의 수장답군. 내 정체를 눈치챌 줄은 몰랐다."

……갑자기 이상한 소리를 하는걸. 『내 정체』?

러그크래프트라는 재상이 느닷없이 무슨 소리를 늘어놓는 거지?

"정체? ……카지노에서 돈을 잃어서 화가 난 김에 전부 마왕군 탓으로 돌렸을 뿐인데 말이죠. 재미있으니까 그냥 말을 맞춰주도록 할까요."

저 수상한 프리스트, 방금 이상한 소리를 늘어놓았어.

러그크래프트는 제스터의 혼잣말을 못 들은 것 같지만 나는 똑똑히 들었다고.

"칭찬 감사합니다. 저희의 가르침은 틀리지 않았던 것 같군요. 아쿠시즈교에는 불운과 불행을 전부 마왕에게 책임

전가해도 된다고 하는 숭고한 가르침이 있죠."

"네놈들 때문에 마왕님에 관한 말도 안 되는 유언비어가 이 세상에 퍼져 나가고 있는 거다! 마왕님은 그런 분이 아니란 말이다!"

러그크래프트는 마왕을 편드는 발언을 입에 담았다.

이래서야 자기가 마왕군과 이어져 있다고 자백하는 거나 다름없다.

아까 전의 의미심장한 발언으로 볼 때…… 혹시, 이 재상은…….

잠깐만 있어봐. 불길한 예감이 엄습하잖아. 내 예상이 옳다면, 이 이야기를 더 들었다간 큰일 날지도 모른다고!

"호오. 재상 님이 그런 발언을 해도 괜찮은 건가요? 마치 진짜로 마왕군의 일원 같군요."

제스터는 방금까지 온화하게 웃고 있었지만 어느새 그의 얼굴에서 웃음기가 사라졌다.

"여러모로 오해를 받고 있는 것 같지만 역시 아쿠시즈 교도는 성가신 존재군. 좋다. 진실을 가르쳐주지. 네놈은 평생 여기서 나가지 못할 테니까 말이지. 내 정체는 바로……."

어이, 잠깐만 있어봐! 입 다물라고!

"……마왕군 첩보부 대장이자 도플갱어인 러그크래프트다!"

나는 허둥지둥 귀를 막았지만 듣고 말았다!

엄청난 사실을 폭로했잖아. 젠장, 나는 듣고 싶지 않았다고!

"역시 제 짐작이 맞았군요! 방금까지의 행동은 당신에게서 그 사실을 알아내기 위한 연기였습니다! 그리고 희미하게 마족의 악취가 느껴지기도 했지요!"

한껏 폼을 잡으면서 상대를 손가락으로 가리키고 있지만 거짓말이 틀림없다! 짐작은 무슨 짐작! 그냥 입에서 나오는 대로 지껄인 거잖아!

저 녀석이 자신의 발언에 취해 있다는 것은 한 눈에 알 수 있었다. 그냥 입에서 나오는 대로 지껄였을 뿐인 거잖아.

"꽤 하는구나, 아쿠시즈교의 아크 프리스트여. 하지만 그 명석한 두뇌가 불행을 초래한 것 같군. 그래도 지금 바로 처분하지는 않겠다. 중요한 안건이 있거든. 그게 정리될 때까지는 살려두도록 하지."

러그크래프트는 그렇게 말한 뒤 제스터에게서 돌아섰다.

그리고 그 녀석이 돌아본 곳에는 내가 있었고…… 필연적으로 우리는 시선이 마주쳤다.

러그크래프트는 경악한 것처럼 눈을 치켜떴고 나는 비굴한 미소를 지으며 손을 흔들었다.

"아차, 다른 죄수가 있었던 건가……. 저기, 뭐냐. 운이 나빴구나. 방금 대화를 들은 녀석을 살려둘 수는 없다."

내 예상이 들어맞자 내 비굴한 미소는 쓴웃음으로 변했다.

그런 나를 본 제스터가 상냥한 미소를 지으며—.

"기운 내십시오."

—라고 말했다.

"헛소리 하지 마! 나는 너희 실수에 휘말렸을 뿐이잖아! 나는 아무 상관없다고! 빨리 풀어줘!"

"……저기, 뭐냐. 내 정체를 알았으니, 미안하지만……. 잘 있어라!"

러그크래프트는 뒤돌아서더니 빠른 걸음으로 사라졌다.

"인마, 도망치지 마! 남자 덜렁이는 수요가 없다고! 빨리 돌아와~!"

내 고함 소리는 철제문이 힘차게 닫히는 소리에 묻히고 말았다.

맙소사. 알고 싶지도 않은 사실을 멋대로 떠들어 대더니 나한테도 불똥이 튀었잖아.

"설마 그냥 말을 적당히 맞춰주며 놀고 있었을 뿐인데, 이런 비밀을 알게 될 줄이야……. 이것도 악마와 언데드를 용서하지 않는 아쿠아 님의 인도일까요."

"나한테 있어서는 역병신이나 다름없다고! 어떻게 하지……. 이 나라의 재상이 마왕군의 일원인 거냐."

알고 싶지 않았지만 알았으니 이제 어쩔 수 없다.

나는 머리를 거칠게 긁적인 후 마음을 진정시키기 위해 심호흡을 했다.

"스으으으으읍, 하아아아아. 당황해봤자 아무 소용없어."

마음을 진정시킨 순간, 가장 먼저 생각난 것은 바로 카즈마 일행의 안부였다.

왕녀 아이리스의 약혼자가 다스리는 나라의 재상이 마왕군의 일원이라는 것은 엄청난 큰일이다.

그 녀석이 말한 『중요한 안건』이란 왕녀 아이리스에 관한 것이 틀림없다.

나도 위험하지만 카즈마 녀석들도 위기에 처했을 것이다. 어떻게든 도와주고 싶은데 어쩌면 좋지?

"고민에 빠지신 것 같군요. 상담 상대가 되어드릴까요? 참회나 고백을 듣는 것에는 익숙하답니다."

"누구누구 씨 탓에 생긴 고민이라고! 참회해야 할 사람은 내가 아니라 너야!"

쇠창살 너머에 있는 제스터가 눈을 반짝이며 이쪽을 쳐다보고 있었다.

왠지 즐거워 보이는데, 내 기분 탓일까?

"강 건너 불구경이라도 하고 있는 것 같은데, 나보다 네가 더 위험하거든? 이대로 있다간 아까 그 자식 손에 죽을 거라고."

"제가 죽었다간 아쿠시즈교의 포교에 지장이 생기겠지요. 아직 충분히 놀지도 못했으니 어떻게든 해야겠어요. 게다가 마족을 눈감아줄 수도 없는 노릇이고요. 으음…… 저희에게 남은 수단은 단 하나 뿐인 듯하군요. 탈옥을 하는 겁니다!"

"바보 같은 소리 좀 하지 마……. 아냐, 그 방법 밖에 안 남았나. 러그크래프트가 마왕군 관계자라는 것을 폭로하면, 아무도 우리의 탈옥을 문제시하지 않겠지. 좋아, 해볼 가치는 있겠어."

고민할 시간이 있으면 행동에 옮겨야 한다고 판단한 우리는, 각자의 감옥 안을 철저하게 살폈다.

감옥에는 창문이 없고 화장실만 있었다. 쇠창살은 녹이 슬기는 했지만 튼튼해 보였다.

잡고 흔들어봤으나 꿈쩍도 하지 않았다.

"이럴 때의 정석적인 방법은 쇠창살에 땀과 피, 그리고 오줌을 묻혀서 녹이 슬게 하는 거죠. 실은 여성이 그러는 걸 보고 싶지만 이 상황에서는 찬밥 더운밥 따질 때가 아니군요. 자, 땀과 오줌 중에 어느 쪽이 취향이시죠?"

"양쪽 다 시간이 너무 걸린다고! 그리고 내 성적 취향을 파악하려고 하지 마! 그리고 그딴 짓을 할 여유는 없단 말이야. 빨리 카즈마 녀석들에게 이 사실을 알리지 않았다간, 그 녀석들의 목숨이 위험해질지도 몰라."

"방금 카즈마 님 일행을 언급하신 겁니까?"

진지한 표정을 지은 제스터가 쇠창살 너머에서 얼굴을 쑥 내밀었다.

어느새 얼굴에 어려 있던 여유가 사라졌다.

"그, 그래. 내 절친인 카즈마를 알아?"

"이름은 들어본 적 있습니다. 그것보다, 카즈마 님은 어떤 분과 함께 이곳에 오신 거죠?"

"이리스, 그리고 같은 파티의 멤버들이야. 폭렬걸과 마조히스트 크루세이더, 그리고 연회 프리스트지."

"그렇……습니까. 이 일에 아쿠아 님께서 관여하고 계신 이상, 저도 전력을 다할 수밖에 없겠군요."

어울리지도 않게 진지한 표정을 지은 제스터가 팔짱을 끼고 혼잣말을 중얼거렸다.

무슨 생각을 하는 건지 알 수 없는 남자인 만큼, 기대하지 않는 편이 좋을지도 모른다.

벽을 두드리면서 약한 부분이 없는지 찾아봤지만 곧 이 밋밋한 작업에 질리고 말았다. 나는 지면을 기어 다니며 뭔가를 하고 있는 제스터에게 심심풀이 삼아 말을 걸었다.

"너는 왜 엘로드에 온 건데? 아쿠시즈교를 포교하러 온 거야?"

"그건 겸사겸사 하던 겁니다. 저를 비롯한 아쿠시즈 교도는 어떤 분을 극비리에 구경…… 관찰…… 몰래 지켜보고 있죠. 그 분이 엘로드로 향한다는 정보를 입수한 저는, 그 명목으로 카지노에서 마음껏 놀 수 있겠다는 생각에 자처해서 이곳에 온 겁니다."

"내가 이런 소리를 하는 것도 좀 그렇지만 진짜 욕망에 충실하네……."

"그게 아쿠시즈교의 가르침이니까요."

제스터는 당당한 말투로 그렇게 말했고 나는 아쿠시즈교에 확 입교할까 하는 생각이 들었다.

그런데 아쿠시즈 교도가 극비리로 지켜보고 있다는 상대는 대체 누구일까. 이런 골 때리는 녀석들이 걱정하는 걸 보면, 엄청 이상한 녀석 혹은 안타까운 녀석일 것 같다.

그 후로 우리는 묵묵히 벽과 바닥을 조사했지만 탈옥에 도움이 될 만한 무언가를 발견하지는 못했다.

2

이곳은 햇빛이 전혀 스며들지 않기 때문에 몇 시인지 알 수 없었지만 몇 시간 쯤 흐른 후에 간수가 식사를 가져다줬다.

그 간수는 인형처럼 얼굴에 표정이 없는 남자였다.

"어이, 너. 우리를 여기서 꺼내주지 않겠어? 너희 나라 재상은 마왕군의 일원이더라고. 몰랐지? 그런 녀석을 따르다간 너도 마왕군의 수하로서 처벌을 받을지도 몰라."

보통 이런 말을 듣는다면 동요하겠지만 이 남자는 아무런 반응도 보이지 않았다. 나를 쳐다보지도 않고 그저 묵묵히 식사를 전달하기만 했으며, 내가 무슨 말을 해도 전부 무시했다.

"알았다, 알았어. 너의 그 성실함에 감복했어. 만약 내 이야기를 들어준다면, 아름다운 아가씨들이 네가 원하는 최고의 꿈을 보여주는 가게를 소개…… 어이, 어디 가는 거야?! 내 말 좀 들어보라고!"

나는 큰 목소리로 불렀지만 간수는 깔끔하게 무시하고 사라졌다.

"더스트 씨, 그래봤자 소용없습니다. 저 분도 마족인 것 같더군요. 이 감옥에는 러그크래프트의 수하들이 배치되어 있다고 생각하는 편이 좋을지도 모릅니다. 그것보다, 아까 당신이 말한 최고의 꿈을 보여주는 가게에 관해 자세하게 이야기해주지 않겠습니까?!"

"네가 관심을 가지면 어쩌냐고!"

"남자의 소망을 이뤄주는 가게가 진짜로 있는 겁니까?! 원하는 꿈을 뭐든 보여준다면, 악마 이외의 온갖 종족의 여성들이 저를 둘러싸고 경멸에 찬 눈길로 쳐다보거나, 애교를 떨며 올려다보거나, 저에게 매달려 용서를 구하는, 그런 하렘 같은 꿈도 가능할까요?!"

쇠창살을 마구 흔들어대면서 그렇게 외치는 제스터의 침이 내 감옥까지 튀었다.

"흥분하지 마! 방금 그 말은—."

아무리 그래도 프리스트에게 서큐버스 가게를 알려줄 수는 없지.

"허풍이라고. 그런 곳이 있다면 나야말로 소개를 받고 싶거든?"

"그렇……습니까. 하긴…… 그렇겠죠."

고개를 푹 숙이고 완전히 풀이 죽어 버렸네.

"하아, 조바심을 내봤자 아무 소용없겠지. 굶어죽을 생각은 눈곱만큼도 없으니까, 우선 밥이라도 먹자고."

의외로 제대로 된 식사가 나왔기에 먹어치우자고 생각하여 입에 넣기 직전, 나는 마음을 바꿨다.

"독이라도 든 건 아니겠지?"

"만약 독이 들었더라도 제가 해독하면 되니 안심하시지요."

"아~, 그래. 프리스트는 여러모로 쓸모가 많네. 어, 어이! 해독을 하기도 전에 먹으면 안 되잖아?! 네가 쓰러져버리면 누가 해독을 해주냐고!"

다람쥐처럼 볼을 부풀린 제스터가 거기까지는 생각이 미치지 않았다는 듯이 손뼉을 치면서 감탄한 반응을 보였다.

"그러니까, 먹지 말라고!"

"이거 실례했습니다. 하지만 몸에 문제가 생기지 않은 것을 보면 괜찮을 것 같군요. 그것보다 아까부터 신경 쓰이는 점이 있습니다. 저의 식사와 더스트 씨의 식사가 다른 것 같지 않습니까? 반찬 개수도 더스트 씨 것이 더 많아 보이는군요."

나도 그 말을 듣고 눈치챘다. 확실히 제스터의 식사보다 반찬 개수가 두 개 많고, 디저트까지 있었다. 양과 질 모두 내 식사가 압도적으로 좋았다.

"러그크래프트 자식, 실수로 나를 휘말리게 한 게 미안해서 신경을 써준 건가……."

"더스트 씨, 사실 저는 배가 부를 때까지 음식을 먹지 않으면 죽고 마는 기묘한 병에 걸렸습니다. 그리고 식후에 디저트를 먹지 않으면 몸에 종기가—."

"그래? 참 안 됐네. 오, 꽤 맛있잖아."

나는 손가락을 빨면서 쳐다보는 제스터를 무시하고 내 몫의 음식을 깨끗하게 비웠다.

부러워하고 있는 제스터의 볼이 약간 상기된 것은…… 그냥 기억 속에서 지우기로 했다.

식사를 마친 나는 더러운 바닥에 벌러덩 드러누워서 천장을 올려다보았다.

"배도 부르니까, 탈출할 방법은 내일 생각할까……."

지금은 힘을 비축하는 게 우선이라고 자기 자신에게 변명을 늘어놓으며 나는 잠을 청했다.

3

그로부터 며칠이 지났다.

"천장의 얼룩을 세는 것도 질렸어……."

"저도 마찬가지입니다. 그 후로 별다른 변화도 없고 말이죠. 게다가 이곳은 마족의 악취가 진동을 하기 때문에, 후각이 마비될 것만 같군요."

처음에는 이 감옥을 구석구석까지 철저하게 살폈지만 탈옥의 실마리가 될 만한 것은 찾지 못했다.

의욕이 바닥난 나는 차가운 바닥 위를 굴러다니면서 조금이라도 누워 있기 편한 곳을 찾았다.

"너는 아크 프리스트지? 마법으로 나를 탈옥시켜줄 수는 없는 거야?"

"그런 편리한 마법을 쓸 수 있다면, 저도 더욱 대담한 짓을 했겠지요."

"어, 너…… 설마 자중하고 있었던 거야? 에이, 거짓말이지……?"

감옥에서는 이야기를 나눌 상대가 제스터뿐이기 때문에 때때로 잡담을 나누는데, 나도 질려버릴 듯한 일화가 그의 입에서 줄줄 흘러나왔다. 너무 무시무시한 내용이라 흘려들을 때도 있을 정도였다.

지금까지도 자기 뜻대로 살아왔던 제스터가, 실은 나름 자중을 하고 있었던 건가…….

"게다가 이 감옥은 특수한 마법이 걸려 있어서, 프리스트의 마법을 쓸 수가 없어요."

마족이라 프리스트 대책을 세워둔 건가.

"그럼 방법이…… 잠깐만 있어봐. 전에 독에 걸려도 마법으로 해독해주겠다는 소리를 했었지?"

"하하하. 독이 들어 있지 않아 참 다행이군요."

이제 와서 그딴 소리를 하는 거냐. 내가 두 번 다시 이 녀석을 신용하나 보라고…….

마법을 쓰지 못하는 제스터는 아무 짝에도 쓸모없다. 이렇게 되면 자력으로 어떻게 해보는 수밖에 없었다.

"두 손 두 발 다 들 수밖에 없는 상황이네. 이럴 때 바람처럼 누군가가 나타나서 나를 구해준다면, 그 사람에게 감격의 키스를 열렬히 날려줄 텐데 말이야."

"됐어요."

"여자 같은 목소리 내지 마. 역겹다고."

"역겹다고요? 너무하네요. 확 그냥 돌아가 버려도 괜찮겠어요?"

이 목소리는…… 설마?!

내가 벌떡 몸을 일으키며 목소리가 들린 곳을 쳐다보자 쇠창살 너머에서 미소 짓고 있는 로리 서큐버스가 눈에 들어왔다.

"어, 너―."

"오오오오, 지옥에 여신이 강림하셨도다! 더스트 씨, 이 로리 소녀와 아는 사이라면 저에게 소개 좀 해주십시오!"

제스터는 쇠창살에 얼굴을 비벼대면서 그렇게 외쳤고 로리 서큐버스는 겁을 집어먹었다.

흥분할 대로 흥분한 저 얼굴을 보면 누구라도 겁을 먹을 것이다.

"좀 진정해."

"청순한 듯하면서도, 내면에 어마어마한 에로스가 가득 차 있는 그런 기운이 마구 느껴지는군요! 자, 저에게 당신의 내면에 잠들어 있는 모든 욕망을 토해 내십시오. 그 어떤 특수한 성적 취향이라도 다 받아들이겠다고 이 자리에서 맹세합니다!"

"어, 어, 어? 더스트 씨, 이 사람은 누구죠?!"

로리 서큐버스는 쇠창살을 격렬하게 흔들어대는 제스터한테서 조금이라도 더 떨어지려는 듯이 내가 갇힌 감옥의 쇠창살에 매달렸다.

"저 녀석은 악당이나 선한 사람이 아니라 단순한 변태니까, 걱정할 필요 없어."

"걱정 안 하는 건 무리거든요?! 저기, 죄송한데 당신은 진짜 누구죠?"

"이거 실례했습니다. 이 세상에서 가장 신도가 많고 모든 이들에게 사랑받고 있는 여신을 숭배한다, 라는 소리를 퍼뜨리고 다니는 아쿠시즈교의 아크 프리스트인 제스터라고 합니다. 앞으로 잘 부탁드립니다, 아리따운 아가씨."

약간 수상한 소리를 늘어놓기는 하지만 미소를 지으며 정중하게 대답하는 제스터의 모습만 보면 모범적인 프리스트 같아 보였다.

하지만 방금 그 자기소개를 들은 순간, 로리 서큐버스의 얼굴이 새파랗게 질렸다.

"아쿠시즈교의 아크 프리스트?!"

"그렇게 놀랄 필요는 없지 않을까요? 남에게도, 자신에게도 상냥한 아쿠시즈 교도는 동지에게는 무해하니까요."

동지가 아닌 이들에게는 성가시고 민폐만 끼쳐대는 존재에 지나지 않지만 말이야.

얼굴에서 핏기가 사라진 로리 서큐버스가 몸을 웅크린 후 나를 향해 손짓을 해서 나는 그녀에게 다가갔다.

"더스트 씨, 제 정체는 절대 밝히지 마세요!"

"왜?"

"아쿠시즈교는 악마와 언데드를 철천지원수처럼 여긴다고 제가 전에 이야기했잖아요?"

그러고 보니 아르칸레티아에 갔을 때, 그런 이야기를 들었다.

그곳의 아쿠시즈 교도도 악마는 죽어 마땅하다 같은 소리를 했었다.

"제스터 탓에 이야기가 딴 곳으로 샜네. 아무튼 로리 서큐…… 로리사. 왜 이곳에 온 거야?"

"더스트 씨를 구해주러 온 거예요. 고맙게 여기라고요."

"원래라면 더 감동해야 할 상황인데, 아까까지 나눈 쓸데없는 대화 탓에 영 분위기가 안 나네……."

"예……."

우리는 그저 쓴웃음을 지을 수밖에 없었다.

그래도 나는 구해주러 온 이 녀석에게 감사하고 있었다.

"그런데 어떻게 숨어든 거야? 그리고 내가 있는 곳을 용케 알았네."

이곳은 비밀 감옥 같으니 위치를 알아내는 것도 쉽지 않았을 것이다.

솔직히 말해, 로리 서큐버스에게 그 정도의 첩보 능력이 있을 것 같지는 않았다.

"바닐 님에게 고마워하세요. 전에 점을 쳐줬을 때 더스트 씨가 감옥에 갇히는 걸 보셨는지, 저한테 미리 알려주셨거든요. 그래서 쭉 숨어서 더스트 씨를 관찰하고 있었어요. 저는 서큐버스라 밤눈이 좋은 편이거든요."

"역시 나리야! 나리에게는 평생 충성해야겠어!"

"이번 조언은 인간 계집에게 재고품 마도구를 팔아치우는 걸 도와준 답례라고 하셨어요."

테일러의 돈을 뜯어간 신입 모험가를 속였던 그 일 말이구나.

바닐 나리는 악마지만 웬만한 인간들보다 의리가 있다.

"구해주러 와서 고맙기는 한데, 열쇠는 가지고 온 거야?"

"예. 여기 있어요."

로리 서큐버스는 열쇠 다발을 꺼내서 보여줬다.

그리고 그 열쇠로 내가 갇힌 감옥의 자물쇠를 열어줬다.

"으으~, 드디어 감옥에서 해방됐네. 정말 고마워."

"바닐 님의 명령에 따랐을 뿐이에요. 저 아쿠시즈 교도는 더스트 씨가 구해주세요. 저는 다가가고 싶지 않거든요."

나는 넘겨받은 열쇠로 제스터가 갇힌 감옥의 자물쇠를 열었다.

로리 서큐버스는 아쿠시즈 교도를 두려워하지만 지금은 제스터 본인을 더 질색하는 것 같았다. 하긴, 저런 소리를 늘어놓는 인간을 신용하는 것 자체가 무리일 것이다.

"구해줘서 감사합니다만 어떻게 이 감옥에 들어온 거죠?"

"저기, 으음, 더스트 씨의 동료 분이 감옥으로 이어지는 비밀통로를 찾아주셨어요. 하지만 몸집이 작은 사람만 지나갈 수 있어서, 제가 오게 된 거고요. 그런데 아마 두 분의 몸집으로는 통과하기 힘들 거예요."

로리 서큐버스는 우물쭈물하면서 그렇게 대답했다.

여전히 거짓말이 서툴지만 제스터는 개의치 않는 것 같았다.

"남자들끼리 감옥에 갇혀 있었더니, 여성이라는 존재가 눈부셔 보이는군요. 사실 저희 교단에는 로리 소녀 자리가 비어 있지요. 저희 교단에 입교하셔서 마스코트 캐릭터가 되지 않겠습니까?"

"으음, 저기, 생각해 볼게요……."

"언제까지 답을 주시겠습니까? 저희 교단에서는 애매한

대답은 전부 긍정으로 여기지요. 자, 이 입교서에 사인해 주십시오! 아, 입교서를 전부 몰수당했군요. 그럼 제 팬티에 사인을…….”

“히이이이익!”

“너, 그냥 팬티가 보여주고 싶은 것뿐이잖아! 얘가 겁먹으니까 작작 좀 하라고.”

아쿠시즈교에 서큐버스가 입교하는 것도 전대미문의 일이겠지.

나는 제스터 때문에 겁을 먹고 나에게 도움을 청하는 로리 서큐버스의 어깨를 잡으며 그에게서 떼어놓았다.

“그런 건 탈옥 후에나 해. 이제부터가 문제니까 말이야. 우리는 비밀 통로로 나갈 수가 없으니까, 정공법으로 탈옥을 해야 해. 이 감옥에는 러그크래프트의 휘하에 있는 마족들이 있을 거야.”

“저기, 감옥 입구를 살펴보니, 수십여 명의 병사들이 이곳에 들락거렸어요.”

“흠, 좀 성가신 상황일지도 모르겠군요.”

제스터는 팔짱을 끼고 뭔가를 생각하는 것처럼 보였지만 그의 눈은 한시도 로리 서큐버스에게서 떨어지지 않았다.

나는 로리 서큐버스를 데리고 제스터와 약간 거리를 벌렸다.

“그런데, 너는 어떻게 이곳에 숨어든 거야? 비밀통로로 들어왔다는 건 거짓말이지?”

"아, 눈치챘어요? 실은 매우 간단한 방법으로 들어왔어요. 저는 서큐버스잖아요? 정체를 드러내고 러그크래프트 님의 명령으로 음몽을 보여주러 왔다고 했더니, 바로 통과시켜주더라고요."

그래. 같은 마족이니 의심을 사지 않은 건가.

설마 마족이 적일 거라고는 생각도 못할 테니까.

"실은 더스트 씨의 검도 가져오고 싶었지만 무기까지 가지고 오는 건 무리였어요."

"그랬구나. 뭐, 어쩔 수 없지."

그 무기가 없으니 불안한 마음이 들었지만 적에게 빼앗기지 않은 것만으로도 다행이라고 생각하기로 할까. 카지노에 검을 들고 가지 않아서 다행이야.

"저기~. 전부터 신경 쓰였던 건데, 더스트 씨는 그 검을 소중히 여기죠? 다른 건 아무렇지도 않게 여기지만 그 검은 자주 손질을 하잖아요."

"그야 전사에게 무기는 자신의 목숨을 맡기는 존재거든. 소중히 다루는 게 당연하지 않아?"

로리 서큐버스는 내 설명을 듣고도 납득이 안 되는 건지, 미심쩍은 눈길로 쳐다보았다.

이 녀석은 아무 생각이 없는 듯하면서도 의외로 눈치가 좋은 편이라니깐.

"그것보다, 이제부터 어떻게 하지? 네가 앞장을 서면서 보초나 경비의 시선을 끌어주면, 그 틈에 통과하는 수밖에 없나……."

"아마 그럴 거예요. 경비의 숫자가 상당하니까, 정공법으로 적을 하나하나 쓰러뜨리면서 탈옥하는 건 무리일 거예요."

"무기도 여관에 두고 왔잖아. 맨손으로는 어찌 할 방법이 없을 거야."

나와 로리 서큐버스가 고민에 잠겨있을 때, 뒤편에서 철컥 철컥 하는 소리가 들렸다. 제스터가 뭘 하는 건가 싶어서 돌아보니, 그는 통로 끝에 있는 철제문을 열고 나가려 하고 있었다.

"어?! 기, 기다려! 경비를 서는 병사가 있다고 내가 말했잖아?! 사람 말 좀 들어!"

"알고 있습니다. 하지만 이곳의 병사들은 악마죠? 그렇다면 문제없습니다."

"무슨 소리를 하는 거야? 문제가 차고 넘치거든? 차라리 상대가 인간인 편이…… 뒤를 봐!"

우리가 이야기를 나누고 있을 때, 머리에 뿔이 달린 악마가 제스터의 뒤편에서 검을 치켜들며 다가왔다.

제스터는 뒤를 돌아본 후 손을 내밀고—.

"『세이크리드 하이니스 엑소시즘』!"

마법을 쓰자 명중한 바닥에 마법진이 그려지면서 새하얀 빛의 기둥이 천장까지 솟아났다.

"끄아아아아아아악!!"

그 빛에 휩싸인 악마는 그대로 소멸했다.

이 마법이 얼마나 엄청난 위력인지는, 내 뒤편에서 옷자락을 꼭 움켜잡고 있는 로리 서큐버스의 겁에 질린 표정만 봐도 알 수 있었다.

"아쿠시즈 교단에는 저보다 레벨이 높은 아크 프리스트가 없죠. 마법만 쓸 수 있다면, 상대가 악마든 언데드든 전혀 문제될 게 없습니다."

가슴을 펴고 그렇게 말한 제스터가 처음으로 믿음직하게 보였다.

제스터는 지면에 굴러다니는 검을 주워서 나에게 건넸다.

"실은 검보다 다른 무기를 더 능숙하게 다루시는 것 같습니다만, 지금은 이거라도 쓰시죠."

이 녀석…… 내가 싸우는 모습을 본 적도 없으면서 내 몸놀림과 움직임만으로 내 주무기가 뭔지 간파한 건가?

엄청난 위력의 마법도 그렇고 정말 허투루 보면 안 되는 남자다.

"뛰어난 능력을 지닌 프리스트가 있다면, 이야기가 달라지지. 전위는 나한테 맡겨. 로리사는 위험하니까 좀 떨어져서 우리를 따라와."

"그게 좋겠군요. 로리 소녀가 응원해주기만 해도 용기가 샘솟을 테니까요. 저를 오빠, 아버님, 아빠 같은 호칭으로 불러준다면 마법의 위력이 더 상승할 겁니다."

"으, 싫어요."

겁을 집어먹었으면서도 딱 잘라 거절하네.

4

그 후로는 제스터의 독무대가 펼쳐졌다.

이 감옥에는 악마와 언데드뿐이기 때문에 프리스트의 마법은 효과가 어마어마했다. 그야말로 무적이었다.

내가 적을 유인하면 제스터가 마법을 쓴다. 악마와 언데드에게만 효과가 있는 마법이라서 나에게는 무해했기에, 인정사정 봐주지 않고 마음껏 마법을 쓸 수 있었다.

"더스트 씨에게는 영향이 없네요. 마음이 더러운 분이니 정화되지 않을까 걱정했어요."

"당연하잖아! 마음이 더러운 사람한테 효과가 있다면, 제스터가 마법을 쓰는 건 자폭을 하는 거나 다름없다고."

"아…… 자기 힘에 의해 정화되고 말겠네요."

로리 서큐버스는 내 말을 듣고 납득하더니 희희낙락하며 여자 악마를 쫓아다니고 있는 제스터를 차가운 눈길로 쳐다보았다.

"아앗, 제 몸을 얼어붙게 만들 듯한 모멸적인 시선이 느껴집니다!"

제스터는 충격을 받는 건 고사하고 흥분해 있었다.

다크니스에 버금가는 마조히스트 같지만 이 녀석은 그게 전부가 아니다. 능욕을 당하는 것만이 아니라, 능욕을 하는 것도 즐기는 것 같았다.

"자, 빨리 도망치지 않으면 마법에 맞고 말 겁니다!"

"몸은 멀쩡한데, 왜 옷만 벗겨지는 거야?!"

"그게 제가 해온 수련의 성과지요! 악마의 엑기스로 범벅이 된 옷만 정확하게 소멸시키기 위해 정말 고생했습니다. 하지만 그 노력 덕분에 지금의 제가 존재하는 것이지요! 인간은 노력을 통해 성장할 수 있는 생물입니다."

"엑기스 같은 소리하고 있네! 노력하는 변태 같은 건 딱 질색이야아아아앗!"

엉엉 울면서 도망치는 여자 악마는 걸치고 있는 옷이 찢어져서 반라 상태였다. 그리고 제스터는 그런 여자 악마를 쫓아다니고 있었다.

……저딴 짓을 밖에서 했다간 바로 경찰 신세를 지겠지.

"들키면 안 돼. 들키면 안 돼. 들키면 무슨 짓을 당할지 몰라……."

겁을 잔뜩 집어먹은 로리 서큐버스가 저 광경을 보면서 같은 말을 계속 중얼거리고 있었다. 일단 내 등 뒤에 숨으라고 해야겠다.

제스터가 폭주를 하면서 나보다 앞장서서 날뛰고 있으니

그냥 내버려둬도 될 것 같았다.

가지고 놀던 여자 악마가 겨우겨우 목숨을 부지한 채 이 자리를 벗어난 후 대량의 스켈레톤이 나타났다.

다양한 무기를 들고 있는 저 녀석들과 그냥 싸운다면 꽤 성가실 테지만…….

"흠. 몸에 살점도 없고, 목소리도 내지 못하니 가지고 놀아봤자 재미가 없겠군요. 단숨에 쓸어버리도록 할까요. 『턴 언데드』!"

제스터가 마법으로 한 방에 해치워버렸다.

"되게 편하네. 성격에는 문제가 있지만 우리 파티에도 프리스트가 있으면 좋겠어."

"그럼 아쿠시즈 교단에서 한 명 파견해드릴까요?"

"됐어! 내가 원하는 건 제대로 된 프리스트야. 지금까지 마주친 아쿠시즈 교도 중에 제대로 된 녀석이 한 명도 없었다고!"

카즈마네 파티의 연회 프리스트, 이 마을에서 재회했던 여자 프리스트가 대표적인 예다. 게다가 교단의 우두머리조차도 이 모양일 줄이야…….

"더스트 씨는 아쿠시즈 교도와 죽이 잘 맞을 것 같은데 말이죠. 유감입니다."

"말도 안 되는 소리 하지 마."

"두 사람은 공통점이 참 많다고 생각해요. 너무 닮아서 싫어하는 것 아닐까요? 동족 혐오라는 말이 있잖아요."

"나를 저런 녀석과 같은 선상에 두지 말라고!"

로리 서큐버스가 말도 안 되는 소리를 늘어놓았다.

나도 성실한 편은 아니지만 그래도 아쿠시즈 교도처럼 엉망진창은 아니라고 생각한다.

"아쿠시즈교에 흥미가 있으시다면 언제든지 말만 하십시오. 저희 교단의 문은 언제나 활짝…… 흠, 곤란하게 됐군요."

제스터는 곤란하게 됐다고 말했지만 그의 얼굴에는 미소가 어려 있었다.

별일 아닐 거라고 생각하며 제스터가 쳐다보는 곳을 보니 묘하게 생긴 바위가 있었다.

거대한 바위와 조그마한 바위가 연달아 놓여 있었다. 전체적으로는 커다란 바위가 붙어서 인간 형태를 이루고 있는 것 같았다.

"우와~, 엄청 단단해 보이네요……."

"골렘이잖아."

"악마와 언데드는 문제가 안 되지만 골렘은 프리스트와 상성이 좋지 않죠. 골렘은 더스트 씨에게 맡겨도 될까요?"

제스터는 내 뒤편으로 물러났다.

어쩔 수 없지. 이번에는 내가 나설 차례 같았다.

"좋아. 물러나서 내 활약을 구경하라고!"

몸집이 내 세 배는 될 것 같지만 골렘은 움직임이 둔하다.

재빠르게 움직이며 허를 노려서 관절을 파괴하는 것이 주된 공략 패턴이다.

"그오오오오오오오!"

골렘이 천천히 팔을 들어올렸다.

움직임이 커서 빈틈이 많았다. 저 공격을 피하고 품속으로 파고들면 여유롭게 이길 수 있으리라.

나는 골렘이 휘두른 바위 주먹을 여유롭게—.

바람을 가르는 소리가 들리더니, 골렘의 팔이 기묘하게 늘어나면서 뒤편에 있는 로리 서큐버스를 향해 바위 주먹이 쇄도했다.

나는 반사적으로 로리 서큐버스 쪽으로 몸을 날렸다.

"이, 이런 상황에서 성희롱을 하려는 거예요?!"

"헛소리 마!"

나는 로리 서큐버스를 꼭 안은 채 겨우 공격을 피했고 지면을 굴렀다.

"꺄아아아아아아앗!!"

"귀와 팔이 아파아아앗! 젠장, 스쳤나 보네."

찢어진 팔뚝에서 피가 터져 나왔다. 스치기만 했을 뿐인데 공격에 실린 힘이 어마어마한 탓에 상처가 깊었다.

"저, 저 때문에…… 괜찮으세요?!"

"이 정도는 생채기에 불과하니까 걱정하지 말라고!"

로리 서큐버스가 걱정스런 목소리로 그렇게 말했고 나는

멀쩡한 팔을 들어 보이면서 괜찮다는 것을 어필했다.

허세를 부리기는 했으나 상처가 너무 깊었다. 출혈도 문제지만 움직임에도 지장이 있었다.

“『힐』! 이제 어떻습니까?”

내 팔이 따뜻한 빛에 휩싸이더니 순식간에 상처가 아물었다.

“어?! 제스터, 대단하네!”

이런 상처를 간단히 치유하다니 역시 실력 하나는 대단했다.

제스터가 있으니 상처를 입어도 문제가 없을 것 같았다. 그럼 좀 무리해서 접근해볼까.

나는 연이어 날아오는 주먹을 피하며 검으로 공격할 수 있는 거리까지 접근했다. 그리고 골렘의 다리 관절에 검을 박아 넣었다.

“으윽, 더럽게 단단하네! 관절도 엄청 튼튼하잖아. 움직임도 빠른 편인 걸 보면, 이 골렘은 상당히 강화된 것 같아.”

평범한 골렘이라면 방금 공격에 관절이 파괴되어서 자기 무게를 견디지 못하고 붕괴되었을 것이다.

“더스트 씨. 골렘의 머리에 새겨진 문자를 도려내면, 골렘은 파괴돼요!”

“그건 알지만 검이 닿지를 않는다고!”

나도 골렘의 약점은 알고 있다.

골렘의 머리에는 마법의 문자가 새겨져 있으며 그 문자 중

일부를 도려내면 골렘은 파괴된다. 하지만 움직이는 골렘의 머리에 새겨진 문자 중 일부를 도려내는 것은 어렵기 때문에, 대부분의 모험가는 그냥 완력으로 박살을 낸다.

게다가 이 녀석은 꽤 거대해서 검이 골렘의 머리에 닿지를 않았다.

"더스트 씨, 이걸 쓰십시오!"

제스터의 목소리를 듣고 고개를 돌렸는데 찬란히 빛나고 있는 창날이 눈에 들어왔다.

"우와아아아앗! 주, 죽을 뻔 했네. 하마터면 창이 내 얼굴에 박힐 뻔 했다고! 자루 부분으로 던지면 됐잖아!!"

"죄송합니다. 힘을 과하게 준 것 같군요. 하지만 그 무기를 쓰면 골렘을 쓰러뜨릴 수 있지 않을까요?"

얼굴을 향해 날아온 무기를 겨우겨우 움켜쥐고 보니, 그것은 창이었다. 아까 해치운 스켈레톤이 쓰던 무기 중 하나였다.

역시 제스터는 내 주무기가 무엇인지 간파한 것 같았다.

창을 쓰는 모습을 남에게 보여주고 싶지는 않지만 변태 프리스트와 서큐버스 앞에서는 괜찮겠지. ……그 분이 알면 화내겠지만 말이야.

"더, 더스트 씨, 뒤를 봐요!"

로리 서큐버스가 고함을 지르지 않아도 알고 있다.

나는 창자루의 끝부분을 지면에 댄 후, 창을 이용해 날아올랐다.

그리고 내 발밑을 가르고 지나가는 바위 주먹을 본 나는 공중에서 자세를 고친 후에 골렘을 쳐다보았다. 그러자 내 눈에는 골렘의 머리에 새겨진 문자가 들어왔다.

그 문자 중 일부를 창날로 도려내자 골렘은 그대로 부서졌다.

"더스트 씨, 멋졌습니다."

"너도 멋졌어."

남자와 친하게 지낼 생각은 없지만 제스터를 조금은 인정해주고 싶은 마음이 들었다.

5

골렘이 마지막 적이었던 건지 그 후로 우리를 막아서는 자는 없었다.

감옥은 지하에 있는 시설이었고 통로 끝에는 기나긴 나선 계단이 있었다. 그리고 상당한 시간을 들여서 그 계단을 올라간 끝에 우리는 겨우 지상에 도착했다.

"흠, 밤인 것 같군요."

두꺼운 철제문을 열자 높은 벽에 둘러싸인 마을이 눈에 들어왔다. 하늘을 올려다보니 셀 수도 없이 많은 별이 반짝이고 있었다.

이런 뒷골목 같은 장소에 감옥 입구를 만들어둔 건가. 대담한 짓을 하는걸.

감옥으로 이어지는 입구는 인간으로 변장한 악마 둘이 지키고 있었지만 제스터가 다짜고짜 마법을 날려서 해치워버렸다.

"어이, 상대가 인간이었으면 어쩔 생각이었어?"

"흠, 그럴 가능성도 있군요. 하지만 걱정할 필요는 없습니다. 인간에게는 무해한 마법이니까요. 어디까지나 악마에게만 영향이 있죠."

제스터는 그렇게 말한 후 로리 서큐버스를 향해 미소 지었다.

그러자 로리 서큐버스는 필사적으로 고개를 끄덕였다.

……혹시 제스터는 로리 서큐버스의 정체를 간파한 건가? 그리고 상대의 겁먹은 모습을 즐기고 있는 건…… 가능성은 있다. 뭐, 긁어 부스럼을 만들고 싶지는 않으니 묻지는 않겠지만…….

"으음~, 바깥 공기가 끝내주네."

"그 말, 더스트 씨에게 엄청 잘 어울려요."

"신경 꺼. 그러고 보니 카즈마 일행이 어떻게 됐는지 알고 있어?"

지금까지 까먹고 있었다는 건 좀 그렇지만 나도 그럴 수밖에 없었다고.

러그크래프트가 나와 제스터를 제거하러 오지 않았다는 것이 카즈마 일행이 건재하다는 증거라고 생각했는데 말이다.

"카즈마 씨 일행 말인가요? 이미 액셀 마을로 돌아가셨는데요?"

"……뭐?! 어이, 진짜야? 저기, 혹시 말이야. 내 동료들도 나를 버리고 돌아가 버린 건 아니지?"

나는 머뭇거리며 로리 서큐버스에게 그렇게 물었고 그녀는 시선을 피하고 볼을 긁적였다.

"어, 어이, 거짓말이지? ……동료를 버리고 자기들만 돌아가 버린 건 아니지?! 그 녀석들이 그런 매정한 짓을 했을 리가 없다고!"

"그, 그게 말이죠."

로리 서큐버스가 미안해하는 표정을 짓고 입을 열려던 순간…….

"아까 그 빛이 발생한 곳은 여기냐?! 이곳은 러그크래프트가 극비리에 운영하던 감옥……. 설마 그 녀석의 수하인가?! 움직이지 마라!"

무기를 든 이 나라의 병사들이 이 자리에 나타났다.

제스터가 사용한 마법의 빛을 보고 몰려든 것 같았다.

"착각한 거 아냐? 우리는 이곳에 갇혀 있었을 뿐이라고."

"우리? 이 자리에 있는 건 너뿐이다!"

"어이, 무슨 소리를 하는 거야? 너희도 무슨 말 좀 해봐."

내가 그렇게 말하고 뒤를 돌아보니 제스터와 로리 서큐버스는 어느새 모습을 감췄다.

좁은 골목으로 도망치는 제스터, 그리고 날개를 이용해 밤하늘로 날아오른 로리 서큐버스의 뒷모습이 점점 멀어져 가고 있었다.

"저 자식들, 나를 버렸어!"

"체포해라~!!"

"또 잡히는 거냐?!"

종장 저 음마를 위해 대승부를

1

"이제 감옥에도 질렸어……."

탈옥에 성공했나 했더니, 다른 감옥에 갇히고 말았다.

하지만 이번에는 러그크래프트와 얽혀 있지 않으니까 내 이야기를 들어주기는 할 것이다.

이곳에 와서 들은 이야기에 따르면 러그크래프트는 아이리스가 해치웠다고 한다.

카즈마 일행이 벌인 일 때문에 궁지에 몰리고 만 러그크래프트가 앙갚음을 하려고 하다가 도리어 당한 것 같았다.

허무한 최후이기는 하지만 그 녀석들이 무사하다는 것을 알았으니 기뻐하기로 할까.

"그 감옥에 비하면 지내기 편하니까, 느긋하게 지내자고."

카즈마 일행이 무사하고 재상도 당했으니 목숨 걱정을 할 필요는 없을 것이다. 석방될 때까지 여기서 느긋하게 지내야겠다.

전에 갇혀 있던 감옥보다 시설이 나은 이 감옥에서 뒹굴

거리고 있을 때, 병사로 보이는 남자들이 와서 감옥의 자물쇠를 열었다.

"드디어 석방되는 거야? 내가 무죄라는 게 드디어 입증…… 어이, 왜 눈가리개를 씌우는 거야? 몸을 묶지 말라고! 아야야야, 잡아당기지 마! 이, 이건 무슨 플레이야?!"

나는 고함을 질러댔지만 병사들은 개의치 않고 나를 어딘가로 데려가려 했다.

저항하고 싶었으나 앞이 보이지 않는 데다 몸도 꽁꽁 묶인 상태라 어찌할 수가 없었다.

상당한 거리를 걷고 난 후 이번에는 누군가가 내 어깨를 잡고 강제로 의자에 앉혔다.

그 후, 내 몸을 묶고 있는 밧줄과 눈가리개를 풀어주었고 강렬한 빛 때문에 눈이 부셨다.

"우왓, 눈부셔! 어? 내가 왜 카지노로 끌려온 거지?"

감옥에서 끌고 나온 나를 카지노로 연행하다니 뭐가 어떻게 되고 있는 건지 감조차 오지 않았다.

"네놈이 액셀에서 모험가로 활동하고 있는 더스트, 맞지?"

거만하게 의자에 앉아있는 꼬맹이가 거들먹거리는 어조로 그렇게 말하며 나를 쳐다보았다.

더럽게 비싸 보이는 옷을 입은 저 건방진 꼬맹이의 주위에는 무장을 한 병사, 그리고 마음에 들지 않게 생긴 녀석들이 몇 명이나 있었다.

"그쪽 도련님은 남의 이름을 물어볼 때 우선 자기 이름부터 밝히라는 것도 못 배웠나 보네."

"이 놈! 레비 왕자님께 무례를 범하지 마라!"

꼬맹이의 주위에 있던 이들 중 한 명이 그렇게 외쳤다.

흐음, 이 녀석이 이 나라의 왕자이자 아이리스의 전 약혼자구나.

직접 나를 찾아온 건 러그크래프트와 얽힌 일 때문이거나, 카즈마나 아이리스와 내 관계를 알았기 때문이겠지. 어느 쪽이든 간에 나쁜 예감이 드는걸.

"그 잘난 왕자님께서 이 몸한테 무슨 볼일이지?"

"또 그딴 건방진 소리를……!"

"됐으니까 물러나 있어. 저 자와는 내가 직접 이야기를 나눌 거야."

레비 왕자가 노려봤고 그 자는 뒤편으로 물러났다.

"우선 사과부터 할게. 러그크래프트가 폐를 끼쳤나 보네. 경범죄를 저지르기는 했지만 투옥될 만한 죄를 짓지 않았다는 건 입증됐어. 이 대화가 끝난 후에 풀어주겠다고 약속할게. 우선 짐을 돌려주지."

어, 일이 이상하게 굴러가는걸.

눈가리개까지 씌우며 나를 끌고 온 것으로 모자라 이 나라의 왕자와 대면했다.

아까는 허세를 부렸지만 솔직하게 말하자면 꽤 위험한 상황에 처한 거라고 각오하고 있었는데 말이다.

병사들이 건네준 짐을 확인해보니 내 물건이 전부 들어 있었다. ……내 검도 무사했다.

"말이 통하는걸. 그럼 이만 실례하겠어."

내가 자리에서 일어나며 카지노에서 나가려 하자 내 뒤편에 있는 병사가 내 어깨를 잡고 강제로 자리에 앉혔다.

"아직 이야기가 안 끝났어. 네가 감옥에 갇힌 건과는 별개의 문제가 발생했거든. 여자 악마를 한 명 잡았는데, 너와 아는 사이 아냐?"

레비는 그렇게 말한 뒤 손가락을 튕겼고 안쪽에서 병사들에게 연행되어 온 이는 바로 로리 서큐버스였다.

"윽, 네가 왜 여기 있는 거야? 남을 버리고 혼자 도망쳤잖아."

"죄송해요오오오오! 하지만 어쩔 수 없었어요오오오."

병사에게 연행된 로리 서큐버스는 울먹거리며 나에게 다가왔다.

"그것보다, 너…… 왜 그런 꼴을 하고 있는 건데?"

"뚫어져라 쳐다보지 마세요. 부끄럽단 말이에요."

얼굴을 새빨갛게 붉힌 로리 서큐버스는 진심으로 부끄러워했다.

그런 로리 서큐버스를 보니 의외라는 생각이 들었다.

평소에는 알몸이나 다름없는 모습으로 당당히 행동했으면서 지금은 왜 저렇게 부끄러워하는 걸까.

지금 복장은 평소 입던 옷보다 피부 노출이 덜하고 사이즈도 조금 작은지 몸에 딱 달라붙었다.

"저기, 왜 그렇게 부끄러워하는 거야? 그건 아쿠시즈교의 프리스트가 입는 거지?"

"으으으으, 맞아요. 이 옷을 입으면 불쾌함과 수치심 때문에 힘이 나지 않아요. 이런 치욕을 겪게 될 줄은 몰랐어요!"

손으로 얼굴을 가린 채 「이런 저를 보지 마세요!」라고 외치지만 이 녀석의 수치심이 어디서 흘러나오는 것인지 이해가 안 됐다.

유심히 쳐다보니 속옷 라인이 드러날 정도로 옷이 몸에 착 달라붙으면서 요염한 느낌을 자아내고 있지만 평소의 그 속옷이나 다름없는 복장보다는 낫잖아.

"악마에게 있어 천적인 프리스트의 옷을 입고 있는 거라고요! 거꾸로 생각해 보세요. 프리스트가 서큐버스 복장을 하고 있으면 부끄러워 할 거잖아요!"

"나는 네 말이 이해가 안 되거든?"

납득은 안 되지만 서큐버스에게 있어서 저것은 굴욕적인 복장인 것 같았다. 그런 걸로 여기고 이해한 척을 하도록 할까.

"역시 아는 사이였구나. 러그크래프트가 마왕군의 일원이라는 건 알고 있지? 이 상황에서 여자 악마를 방치해둘 수는 없거든. 강제노동을 시키거나 아쿠시즈 교도에게 넘길까

하던 참이야."

"아아아아아, 아쿠시즈 교도에게 넘긴다고요?!"

안 그래도 울먹거리고 있던 로리 서큐버스가 얼굴이 새파랗게 질린 채로 부들부들 떨기 시작했다.

이렇게 두려움에 떠는 것도 무리는 아니다. 아쿠시즈 교도가 악마를 질색한다는 것은 유명한 이야기이며, 그게 과장된 이야기가 아니라는 것을 제스터와 함께 지내면서 실감했기 때문이다.

"그건 좀 봐주면 안 될까? 아쿠시즈 교도에게 이 녀석을 넘겨준다면, 무슨 짓을 당할지 모른다고."

내 지적을 듣더니 로리 서큐버스는 잔상이 남을 정도로 격렬하게 고개를 끄떡였다.

"알아. 그래서 그 녀석들에게 이 악마를 넘겨주려는 거야. 현재, 이 나라에서 아쿠시즈 교도가 무슨 짓을 하고 있는지 알아?"

레비 왕자는 미간을 찌푸리고 한숨을 내쉬었다.

"그, 글쎄? 나는 쭉 감옥에 갇혀 있었거든."

"하아아아아. 그 녀석들…… 아쿠시즈교의 최고 간부를 자처하는 제스터와 여자 프리스트가 아쿠시즈 교도를 이끌고 왕성 앞과 카지노에서 항의 활동을 하고 있어! 『부당한 감금에 대한 사과와 보상을 요구한다! 아쿠시즈교를 국교로 삼는다면 우리도 물러나겠다!』, 『그쪽이 성의를 보이지 않는다면 저희는 매일같이 카지노에 가서 여성 손님과 여성 딜러를 헌팅하겠습니다!』, 『로리 소녀, 미남도 타깃으로 삼을 거예요!』 같은 소리를 하며 매일같이 난동을 부리고 있어!"

"우와~."

오랫동안 감옥에 갇혀 있던 탓에 울분이 쌓인 제스터가 폭주하고 있는 건가.

아쿠시즈 교도라면 재미 삼아 그런 식으로 괴롭히고 있는 게 틀림없다.

"그래서 이 여자 악마를 그 군중을 진정시키기 위한 희생양으로 삼을 예정이야."

"아, 아, 아, 안 돼요! 그런 자들이 저한테 어떤 해코지를 할지 상상도 안 된다고요! 아직 가게에서 넘버원이 되지도 못했는데……! 아, 아쿠시즈교에 입교하면 살려는 줄까요?! 하, 하지만 아쿠시즈 교도가 되면 바닐 님에게 미움을 살 텐데……!"

공포 탓에 패닉에 빠진 로리 서큐버스는 악마 주제에 말도 안 되는 소리를 늘어놓았다.

"로리 소녀 자리가 비어있기는 하다잖아. 제스터에게 애원하면 받아줄 가능성도 있지 않을까? 그 대신, 죽는 편이 차라리 나을 듯한 짓을 당하겠지만 말이야……."

제스터라면 희희낙락하며 로리 서큐버스를 가지고 놀 게 틀림없다. 그 녀석이라면 그러고도 남는다.

"매일같이 온갖 잡일을 떠넘기는 걸로 모자라, 식사 때는 제 컵에 성수를 따라주며 「어머, 내가 따라준 물은 못 마시겠다는 거니?」라고 시누이 같은 소리를 할 게 뻔해요! 그리고 데운 성수를 받아둔 욕조에서 혼욕을 하면서 저한테 물고문을 할지도 몰라요……!"

아쿠시즈 교도에게 농락당하는 자기 자신을 상상한 듯한 로리 서큐버스는 정신적으로 한계에 도달한 건지 눈을 까뒤집고 경련을 일으켰다.

이대로 내버려두면 꿈자리가 뒤숭숭하겠지.

"어떻게 안 될까? 이 녀석은 악마지만 마왕군과 아무 관련이 없어. 오히려 인간에게 유익한 서큐버스라고. 못 믿겠으면 거짓말을 감지하는 마도구로 내 말이 사실인지 알아봐도 돼."

"그렇게까지 말하는 걸 보면 사실이겠지. 하지만 거짓말이 아니더라도, 악마를 순순히 풀어줄 수 없는 정세라는 건 이해했을 거야. 만약 이 여자 악마를 놔주기를 바란다면…… 조건이 있어."

조건?

방금, 한순간이지만 레비 왕자의 얼굴이 미소가 어렸다.

불길한 예감이 들지만 나에게 주어진 선택지는 하나뿐이다.

"조건이라. 수상하지만 일단 들어는 봐야겠네. 이 녀석에게는 나름 신세를 졌거든. 희생양이 되게 내버려둘 수는 없다고."

"더스트 씨……."

정신을 차린 로리 서큐버스가 촉촉하게 젖은 눈길로 나를 응시했다.

"조사해보니, 네 녀석은 아이리스 공주가 오라버니라 부르며 따르는 카즈마 공과 가까운 사이지?"

"그래. 절친 사이야."

"그럼 카즈마 공에 관한 정보와 약점을 전부 가르쳐줘. 그리고 앞으로 정기적으로 어떤 생활을 하며 뭘 하는지 보고해줬으면 해. 특히 아이리스 공주와 어떤 사이인지 세세하게 알려줘!"

"……뭐?"

나는 그 뜻밖의 말을 듣고 얼이 나갔다.

"카즈마 공은 러그크래프트의 정체를 밝혀서 이 나라를 구해준 은인이야. 하지만 그 녀석 탓에 나는…… 아이리스 공주를 잃었어!"

레비 왕자는 주먹을 말아 쥐고 고함을 질렀다. 나는 그 모습을 보고 가장 먼저 떠오른 말을 입에 담았다.

"혹시 아이리스에게 차인 거야? 약혼한 사이인데?"

"커억!!"

레비 왕자는 가슴을 움켜쥐며 그대로 무릎을 꿇었다.

"이놈! 마음에 깊은 상처를 입은 왕자님께 무례를 범하지 마라! 약혼을 파기할 생각으로 매몰차게 대했던 아이리스 왕녀님에게 오히려 반하고 말았지만, 결국 차이고 만 왕자님의 괴로운 마음을 헤아려달란 말이다!"

"좋아하는 여성에게 「쭉 친구로 지내죠」라는 가망 없음 선언을 들었단 말이다! 왕자님이 얼마나 괴로우실지 네놈은 상상조차 할 수 없을 거다!"

옆에 있는 이들이 일제히 나를 비난했지만 레비 왕자는 그 말을 듣고 그대로 바닥에 무너지듯 주저앉았다. 나보다 저 녀석이 더 대미지를 받은 거 아냐?

"이, 이제 그만해. 더는 내 마음이 버티지 못할 거야……."

레비 왕자는 가슴을 움켜쥐고 어찌어찌 몸을 일으켰다.

"괜찮아?"

"거, 걱정하지 마라. 휴우……. 그럼 대답해주실까?"

나쁜 제안은 아니다. 카즈마의 정보를 전해주기만 해도 로리 서큐버스를 구할 수 있는 것이다.

하지만 나는—.

"친구를 팔아넘길 생각은 없어. 특히 왕족이나 귀족한테는 말이지."

친구를 팔아넘길 정도로 타락하지는 않았다.

"그럼 여자 악마를 포기하겠다는 거네?"

왕자가 그렇게 말하자 로리 서큐버스는 몸을 부르르 떨었다.

어이, 한심한 표정 짓지 말라고.

“포기할 리가 없잖아. 나는 남의 물건을 빼앗는 건 아무렇지 않게 생각하지만 내 물건을 빼앗기는 건 딱 질색이거든.”

나는 머리를 긁적인 뒤 왕자에게 그렇게 말했다.

“대, 대담한 고백이네요. 하지만 저한테는 바닐 님이 있어요. 그래도 친구부터 시작하는 거라면, 한 번 생각해볼 수도…….”

로리 서큐버스는 뭔가 착각을 한 건지 볼을 붉혔다.

손가락을 꼼지락거리고 있는데 목소리가 너무 작아서 들리지 않았다.

“그러니까, 이런 건 어때? 카지노의 나라 엘로드답게, 도박으로 승부를 하자고.”

“흐음, 카즈마 공과 같은 제안을 하는구나. 그 사람과 절친이라는 건 거짓말이 아닌 것 같네. ……좋아. 네가 이긴다면 여자 악마를 풀어주겠다고 약속하겠어. 하지만 너는 뭘 걸 거지? 서로가 비슷한 값어치의 무언가를 걸고 도박을 해야 공평하지 않겠어?”

레비 왕자는 씨익 웃었다. 자신이 질 거라고는 눈곱만큼도 생각하지 않는 것 같았다.

내가 승부를 제안한 순간부터 인상이 바뀌었다. 도박으로 부를 쌓아올린 일족의 후계자답게 피가 끓는 걸까.

“내가 뭘 걸 거냐고? 로리 서큐버스를 풀어준다는 조건에 걸맞은 거라면…….”

내 소지품 중에 그 정도의 값어치를 할 만한 거라면— 단

하나 뿐이다.

"이 검은 어때?"

나는 애용하는 검을 테이블에 올려두었고 레비 왕자는 한 순간 깜짝 놀란 표정을 지었다.

"네놈은 이 검의 진짜 가치를 알고 있는 거야?"

"반응을 보아하니 이미 감정을 해봤나 보네. 물론 알고 있어."

이 검의 가치는 누구보다 잘 알고 있다. 그래서 이 도박에 거는 것이다.

나를 러그크래프트의 관계자로 의심했다면 내 소지품 또한 철저하게 조사해봤을 거라고 생각했다. 그리고 내 생각이 맞은 것 같았다.

"그래. 이 검이라면 그 정도 값어치는 있어. 좋아, 승부를 받아주지."

왕족이라면 내가 그 분에게 받은 이 소중한 검의 가치를 알 거라고 생각했는데 그 생각이 적중했다.

"자, 잠깐만요! 더스트 씨는 도박을 엄청 못하잖아요! 연전연패를 해댔으면서, 대체 그 자신감은 어디서 나오는 거예요?!"

"그렇게 졌으니까, 다음에는 이길지도 모르잖아?"

"그건 도박으로 패가망신하는 사람의 사고방식이거든요?! 그, 그리고, 그 검은 엄청 소중한 물건이죠? 아무리 돈이 없어도 절대 팔거나 저당 잡히지 않았잖아요. 그런 걸 저 같은 악마를 위해…….”

나는 고개를 푹 숙인 채 부르르 떨고 있는 로리 서큐버스의 머리에 손을 얹었다.

“앞으로도 야한 꿈을 보여줄 거지?”

“더스트 씨…… 진짜 못 말리는 사람이네요. 여자 마음을 몰라도 너무 몰라요. 이럴 때는 좀 더 멋들어진 대사를 읊으라고요. 기회를 한 번 더 줄 테니까, 자, 해보세요!”

“시끄러워. 이 몸이 구해줄 테니까, 잠자코 고마워하기나 해. 그리고 내 활약상을 너희 가게 서큐버스들에게 똑똑히 알려줘.”

나는 불평을 늘어놓는 로리 서큐버스의 머리를 거칠게 쓰다듬어줬다.

“더스트 씨, 기억해요? 여성이 머리를 쓰다듬어주는 걸 좋아한다는 생각은 동정의 환상에 불과하거든요?”

“물론 기억하지. 네가 가르쳐줬잖아.”

저번에 로리 서큐버스에게 들었던 말을 똑똑히 기억하면서도 나는 그녀의 머리를 쓰다듬어줬다.

로리 서큐버스가 입으로는 저렇게 말하면서도 왠지 기뻐하고 있는 느낌이 드는걸.

“이제 됐지? 그럼 승부로 들어가기 전에 관객을 늘려보자. 주위에 있는 사람들이 나만 응원해서야 의욕이 안 날 테니까.”

레비 왕자가 손가락을 튕기자 등 뒤의 문이 열리더니 그곳을 통해 린, 테일러, 키스가 모습을 드러냈다.

"이 녀석들이 왜 여기 있는 거야?!"

"네 녀석이 행방불명이 된 후에 왕성과 경찰에 몇 번이나 찾아왔어. 체포됐다는 것을 알고 아쿠시즈 교도와 결탁하기라도 하면 성가실 것 같아서 여관에 연금해뒀지. 괜한 소동이 벌어지는 건 피하고 싶거든."

로리 서큐버스가 내 동료들에 대해 이야기하려다 말끝을 흐린 이유를 이제 알겠네.

카즈마 일행을 쫓아서 먼저 액셀 마을로 돌아간 줄 알았더니 여관에 갇혀 있을 줄은 꿈에도 몰랐다.

"어이, 더스트! 뭐가 어떻게 된 거야?! 저 꼬맹이는 대체 누구지? 그리고 이 병사들은……!"

"네가 종적을 감춰서 찾아다녔을 뿐인데, 여관에 연금되는 걸로 모자라 이런 곳으로 끌려왔다고! 설명 좀 해봐!"

"저기, 이번에는 무슨 사고를 친 거야? 그리고 왜 프리스트 복장을 한 로리사가 여기 있는 건데? 화낼 테니까 솔직하게 말해봐."

이곳에 온 동료들이 내 뒤편에서 시끄럽게 떠들어댔다.

로리 서큐버스에 관한 것을 대충 둘러대면서 감옥에 있었던 경위를 「도박을 했는데 져서 난동을 부렸더니 체포당했어. 그리고 저 꼬맹이는 지위가 높은 귀족이자, 이리스의 약혼자야」라고 간단히 설명하자, 일단 납득한 것 같았다.

"그럼 전부 네가 잘못한 거네? 우리 몰래 카지노를 간 걸로 모자라, 난동을 부려서 잡힌 건 더스트의 잘못 맞지? 그런데 왜 우리가 연금을 당해야 하는 건데?!"

"동료면 서로를 도와야 할 거 아냐. 운명공동체라는 좋은 말도 있잖아? 나는 감옥, 너희는 여관. 몸은 떨어져 있지만 우리는 항상 함께 했다고."

내가 동료들을 쳐다보고 환하게 웃자 그 동료들의 주먹이 나에게 날아왔다.

"어이, 하지 마! 아얏! 인마, 좀 살살 때려!"

집단폭행을 당한 나는 그대로 테이블에 넙죽 엎드렸다.

이 녀석들, 진짜로 때렸어…….

유일하게 가만히 있던 로리 서큐버스는 어쩌면 좋을지 모르겠다는 듯이 우물쭈물하기만 했다.

"왜 이리스의 약혼자가 여기 있는 건지 모르겠지만 이 녀석은 어떻게 되어도 상관없으니까 우리는 풀어줘."

"더스트, 너 때문에 우리는 의뢰를 완수하지 못했지. 그러니 이번만큼은 감싸줄 수 없겠군. 이 녀석은 마음대로 해도 상관없어."

"괜히 걱정했네. 한 1년은 감옥에 처박혀 지내라고."

동료라는 녀석들이 내 걱정은 눈곱만큼도 해주지 않는 거냐.

확실히 체포당한 것도 내 자업자득이고, 난동을 부린 것도 나고, 탈옥을 한 것도 나지만…… 어? 그러고 보니 로리 서큐버스가 저 녀석들에게 잡힌 것도 결국 따지고 보면 나 때문이잖아?

"내가 여기에 있는 이유는…… 저 남자가 내 일족이 경영하는 카지노에 손해를 입혔기 때문이야."

레비 왕자는 자기 정체가 밝혀지면 곤란하다고 판단한 건지, 내 거짓말에 맞춰주려는 것 같았다.

"하아. 다들 착각하지 말라고. 나는 로리사를 풀어줄지 말지를 걸고 승부를 할 거지만 너희는 그저 관객에 불과해. 내가 이기든 지든 딱히 상관은 없다고. 도련님, 내 말 맞지?"

"그래. 설명이 부족했던 것 같은데, 이 남자가 졌을 경우, 풀려나지 못하는 건…… 로리사라고 했지? 저 여자뿐이야."

레비 왕자는 일부러 로리사라는 가명으로 로리 서큐버스를 지칭하며 그렇게 말했다.

"어, 잠깐만 있어봐. 나, 그 이야기는 처음 듣거든? 뭐가 어떻게 된 건지 자세하게 이야기해봐."

"더스트는 어떻게 되든 상관없지만 로리사가 얽혔다면 가만히 있을 수 없다고."

"그래. 더스트는 아무래도 상관없지만 말이야."

"이, 이 자식들이……!"

나만 찬밥 취급인 거냐.

동료들은 나 같은 건 안중에도 없다는 듯이 로리사를 진심으로 걱정했다.

"불쌍할 정도로 인덕이 없네……."

"부끄러우니까 그런 눈길로 쳐다보지 마."

레비 왕자, 불쌍한 사람 쳐다보는 눈길로 나를 보지 말라고…….

"저, 저기, 실은 말이죠……."

로리 서큐버스는 도움을 청하듯 나를 몇 번이나 쳐다보았다. 여전히 부담감에 약한걸.

이렇게 되면 내가 대충 거짓말을 늘어놓아서 이 녀석들을 납득시킬 수밖에 없다.

"하아, 어쩔 수 없지. 진짜 이유를 설명해줄게. 이쪽으로 좀 와봐. 도련님, 미안하지만 잠시만 기다려줘."

나는 로리 서큐버스와 동료들을 데리고 이 방의 구석으로 이동했다.

그리고 다른 이들에게 들리지 않도록 낮은 목소리로 거짓말을 늘어놓기 시작했다.

"실은 이 녀석을 마음에 들어 하는 귀족이 있거든. 그 녀석은 로리사를 차지하려고 사기도박으로 이 녀석한테 빚을 지웠어. 그리고 빚을 갚지 못하는 로리사를 그 녀석이 희롱하려고 하는 광경을 내가 우연히 봐버렸거든. 그래서 확 두들겨 패버렸더니, 바로 감옥으로 직행시키더라고."

"……너, 아까는 도박을 하다 져서 난동을 부린 바람에 체포됐다고 말하지 않았어?"

"그건 말이지. 로리사가 빚을 졌다는 소리를 하는 게 좀 그래서 대충 둘러댄 거야. 내 말 맞지?"

"어, 아, 예. 그런 사실이 여러분에게 알려지는 게 부끄러워서, 더스트 씨에게 비밀로 해달라고 부탁했어요."

로리 서큐버스는 내 의도를 눈치채고 말을 맞춰줬다. 느닷없이 한 것 치고는 연기가 꽤 자연스러운걸.

"그리고 내가 두들겨 팬…… 정확하게는 가볍게 한 대 쥐어박았을 뿐인데 말이야. 그 상대가 바로…… 저 꼬맹이야."

""""어?""""

동료들뿐만 아니라, 로리 서큐버스까지 깜짝 놀랐다. 너까지 동요하면 어떻게 하냐고.

"우리끼리 하는 이야기인데, 저 꼬맹이는 이리스한테 차였어. 그 화풀이 삼아서 키가 작고 연약해 보이는 이 녀석을 차지하려고 한 거야. 빚을 지운 후에 이리스의 대용으로 삼아서 가지고 놀 생각이었던 거라고. 로리사, 내 말 맞지?"

"마, 맞아요. 「너는 이리스의 대용품이야! 넙죽 엎드려서 내 구두를 핥고 『저는 이리스, 저의 약혼자는 최고의 남자예요』라고 말해」 하면서 저를 희롱하려고 한 순간, 더스트 씨가 구해줬어요!"

어, 이 녀석도 연기가 자연스러워졌는걸.

적절하게 내 말에 맞춰주고 있잖아.

"완전 변태네! 여자의 약점을 잡고 그런 짓을 시키는 거야? 같은 여자로서 절대 용서 못해!"
"망할 꼬맹이네. 그런 플레이는 나도 해본 적 없다고!"
"여성에게 그런 짓을 강제로 시키려고 할 줄이야. 아무리 어린애라도 용서 못해!"
발끈한 동료들이 의자에 거만하게 앉아있는 레비 왕자를 노려보았다.
……거짓말이 너무 심했던 것 같기도 하지만 동료들이 하나같이 단순한 녀석들이라 다행이다.
이야기를 마무리 지은 후에 내가 동료들과 로리 서큐버스를 데리고 자리로 돌아오자, 동료들은 레비 왕자를 무시무시한 눈길로 노려보았다.
"저기, 왜 네 뒤편에 있는 녀석들이 나를 노려보는 거지?"
"오늘 아침밥이 맛없어서 기분이 나쁜가 봐."
"……뭐, 좋아. 그럼 슬슬 승부를 시작해볼까?"
"좋아. 마지막으로 확인을 하겠는데, 내가 이 승부에서 이기면 로리사를 풀어주는 거야. 그리고 내가 진다면 로리사는 네 노예가 되는 거다. 됐지?"
"어이, 무슨 소리를—."
""""되긴 뭐가 돼!""""
레비 왕자가 깜짝 놀란 가운데, 동료들이 내 귓가에서 고함을 질렀다.
너무 목소리가 커서 귀가 다 울릴 정도였다.

"무슨 소리를 하는 거야. 뒷일은 나한테 맡겨. 너희는 괜한 소리 하지 말고 그냥 지켜보기나 해."

""""싫어.""""

이럴 때만 죽이 척척 맞는다니깐.

"너는 도박을 했다 하면 지잖아! 이기는 꼴을 본 적이 없거든?! 더스트가 어떻게 되든 내 알 바가 아니지만 네가 지면 로리사의 신변이 위험해지는 거잖아!"

린이 그렇게 말하자 다른 두 사람이 고개를 힘차게 끄덕였다.

"나도 할 때는 하는 남자야. 큰 배를 탔다고 생각하며 마음 푹 놔."

"그 배는 진흙으로 만든 거잖아!"

"구멍 숭숭 뚫린 낡은 배라고!"

"차라리 수영을 하는 편이 나아!"

나는 그런 소리를 늘어놓는 동료들을 어떻게든 설득해보려고 했지만, 누구 한 명 내 말을 들은 척도 하지 않았다. 이래서야 승부를 할 수도 없겠네.

"처음 듣는 조건이 추가되기는 했지만 뭐 좋아. 도박에 약해빠진 네놈에게 맡겨두는 게 불안하다는 것 같네. ……그럼 이렇게 하자. 네 녀석과 동료들이 차례차례 승부를 해서, 한 명이라도 나한테 이긴다면 저 여자를 풀어주겠어. 승부에 이긴 사람에게는 사과의 의미로 사례금도 주지."

우리의 대화를 더는 듣다 못한 레비 왕자가 그런 엄청난 제안을 했다.

“어이, 진심으로 하는 소리야? 우리는 네 명이야. 너는 4연승을 하지 않으면 지는 거라고.”

“알아. 하지만 나는 도박으로는 두 번 다시 질 생각이 없어. 그 어떤 수를 쓰더라도, 두 번 다시 지지 않을 거야!”

레비 왕자는 가슴을 펴고 단언했다.

자신감이 넘치는 상대라면 방심을 하겠지만 이 녀석은 그럴 것 같지 않았다. 꼬맹이 주제에 눈동자에는 결의가 어린 것처럼 느껴지는 건 내 기분 탓일까?

내가 그런 생각을 하고 있을 때 로리 서큐버스가 내 옆으로 와서 귓속말을 했다.

“카지노에서 들은 소문인데 말이죠. 레비 왕자는 카즈마 씨와 도박을 해서 한 번도 이기지 못했대요. 그 후로 카지노에 자주 나타나서 연전연승을 거두고 있다는 것 같아요.”

그렇게 된 건가. 이 녀석이 자신만만한 이유를 이해했다.

카즈마에게 연거푸 진 후로 마음을 고쳐먹고 도박 실력을 갈고닦은 건가.

“자, 어떻게 할래? 동료들이 승부에 졌을 때 치를 대가라면 뭐든 상관없어. ……네놈이 건 검에는 그 정도 가치가 있거든.”

레비 왕자는 마지막 말이 나에게만 들리도록 작게 말했다.

우리한테 유리한 조건을 제시한 이유를 이제야 알겠다.

내 동료들은 상대방의 조건이 자신에게 너무 유리하기에 오히려 경계심을 품게 된 건지, 한곳에 모여서 상의를 하기 시작했다.

"나는 양보 삼아 한 제안인데, 왜 고민을 하는 거지? …… 하아, 모험가는 용감하다고 들었는데 실은 겨우 이 정도 모험조차 머뭇거리는 겁쟁이였군."

레비 왕자는 팔짱을 끼고 비아냥거리듯 그렇게 말했다.

도발이 꽤 능숙한걸.

"흐음. 아무리 상대가 귀족이라도, 이런 말을 들으면 물러설 수가 없거든?"

"도박은 자제해왔지만 오늘은 해야겠군."

"흥, 나는 더스트와 다르게 승률이 꽤 괜찮다고. 건방진 꼬맹이에게 따끔한 맛을 보여주지."

이런 꼬맹이에게 바보 취급을 당하고 가만히 있을 녀석들이 아니다.

동료들 전원이 승부에 도전하기로 한 것 같았다. 승률이 높아지는 것인 만큼, 나 또한 반겼다.

2

"어이."

나는 분노가 어린 목소리로 그렇게 말했다.

내 눈앞에는 팬티 한 장 차림으로 무릎을 꿇은 채 고개를 푹 숙이고 있는 키스와 테일러가 있었다.

의기양양하게 승부에 임하더니 두 사람 다 허무하게 당한 끝에 이렇게 탈탈 털린 것이다.

"어라~. 너희는 아까 「훗, 더스트의 차례는 안 올 거야」, 「내 선에서 결판을 내주지」 씨익, 같은 짓 안 했어? 그런데 왜 팬티 한 장 차림이 된 걸까요~?"

"하, 한 번도 못 이길 거라고는 생각도 못했다고……."

"도박은 좀처럼 해본 적이 없거든……."

레비 왕자의 상대도 못된 이 두 사람은 그대로 박살이 나고 말았다.

이 녀석들이 약하기도 하지만 그것보다는 갬블러로서의 레비 왕자의 실력이 뛰어났다.

……아니, 뛰어난 정도가 아니지.

레비 왕자의 압승이었다. 카드게임을 하면 항상 최강의 패를 내놨고, 룰렛을 하면 구슬이 어디에 들어갈지 매번 정확하게 맞췄다.

완전 노골적으로 티를 내고 있잖아.

이 녀석, 속임수를 쓰고 있는 게 분명해. 딜러와 한패인 건 확실한 데다, 카드에도 수작을 부려둔 게 틀림없다.

아마 뒷면의 세밀한 문양 혹은 다른 수단을 통해 카드의 숫자를 파악하고 있는 것 같았다.

나도 카즈마에게 이기기 위해서 이런 사기 아이템을 사려고 했던 적이 있거든. 그래서 잘 안다고.

이제 와서 저 술수를 간파하는 건 불가능하겠지. 카드도 바로 회수했다.

만약 내 예상이 옳다면 레비 왕자는 자기 뜻대로 얼마든지 이길 수 있을 것이다.

……이 몸에게 속임수로 이기려 들더니, 배짱 한 번 좋군!

"너희는 반성이나 하고 있어. ……뒷일은 나한테 맡겨."

""더스트.""

내가 그런 믿음직한 소리를 하자, 두 사람은 감격한 건지 나를 지그시 응시하며 입을 열었다.

"이 세상에서 더스트만큼 믿을 수 없는 녀석이 어디 있냐고! 네가 가장 도박을 못하잖아!"

"더스트를 믿을 바에야 아쿠시즈교에 입교해서 신에게 기도하는 편이 나을 거다!"

"팬티 한 장만 겨우 걸친 패배자들이 짖어대지 마!"

"뭐?! 이 자식!"

키스가 달려들려고 해서 나는 전투태세를 갖췄다. 테일러 또한 슬금슬금 나에게 접근하고 있었다.

"어이! 나를 무시하지 마! 아직 승부가 안 끝났잖아!"

레비는 자기를 무시한 채 주먹다짐을 벌이고 있는 우리를 향해 고함을 질렀다.

그러고 보니 나는 아직 승부를 하지 않았고 린도 한창 승부 중이지.

내가 일단 손을 멈추고 테이블을 쳐다보니 그곳에는 린도, 로리 서큐버스도 없었다.

“어이, 그 두 사람은 어디 갔어?”

“이미 패배하고, 대기실로 이동했어.”

“대기실? 어이, 린은 대체 뭘 걸고 도박을 한 거야?”

불길한 예감이 들었다. 레비는 대답을 못하고 고개를 푹 숙인 채 우물쭈물했다.

테일러와 키스가 진 후에 팬티 한 장 차림이 됐으니…….

“알몸으로 자기한테 봉사를 시킨 거냐?! 진짜 발랑 까진 꼬맹이네!”

“진짜야?! 어이, 더스트, 테일러. 우리 그냥 저쪽에 붙는 게 어때?”

“헛소리 마.”

키스가 진지한 표정으로 그런 바보 같은 소리를 늘어놓자 테일러가 그를 쥐어박았다.

키스는 꽤 아픈지 바닥을 뒹굴었다.

큰일 날 뻔 했네. 실은 나도 같은 생각을 했거든…….

“바보 같은 소리 하지 마! 나, 나한테는 아직 그런 건 일러……. 그리고 마음에 정해둔 사람이…….”

이 녀석, 왕자 주제에 의외로 때 묻지 않았는걸.

"자, 잠깐만 농담이지?!"

"걱정하지 마세요. 중요한 부분은 가려지거든요."

"아, 아슬아슬하지 않아?! 그리고 로리사는 왜 태연한 거야?!"

"익숙하거든요."

문 너머에서는 린의 당황한 목소리, 그리고 로리 서큐버스의 차분한 목소리가 들렸다.

그 뒤를 이어 문이 힘차게 열리더니 당당히 걸어 나오는 로리 서큐버스의 등 뒤에 숨은 린이 우물쭈물 밖으로 나왔다.

두 사람 다 중요한 부위만 겨우겨우 가리는 속옷 같은 옷을 입고 있었다. 로리 서큐버스는 그 프리스트 복장에서 저런 걸로 갈아입게 된 건가.

"우오오오오오오!!"

키스와 왕자의 일행 중 몇 명이 환성을 질렀다.

레비 왕자와 테일러는 동시에 고개를 돌리고 그쪽을 쳐다보지 않으려 했다. 나와 키스는 뚫어져라 쳐다봤지만 말이다.

"로리사는 저런 복장을 해도 신선미가 느껴지지 않네."

"여자애가 부끄러운 옷차림을 하고 나타났으니까, 좀 기뻐해 달라고요."

부끄러운 척을 하고 있지만 로리 서큐버스는 가게에서 저것과 비슷한 복장을 하고 있으니 아무렇지 않을 것이 틀림없다.

"린도 로리사를 본받는 게 어때? 좀 당당히 행동하라고."

"시, 싫어! 지금도 죽도록 부끄럽단 말이야!"

린은 로리 서큐버스의 등 뒤에서 새빨개진 얼굴만 내밀며 그렇게 말했다.

으음, 수치심에 떨면서 몸을 배배 꼬고 있는 모습도 나쁘지 않은걸.

"저도 평소 복장과 달라서 조금 부끄러워요."

로리 서큐버스는 그렇게 말했지만 프리스트 복장에서 해방된 덕분에 기쁜 것 같았다.

"이걸로 3연승이네. 이제 남은 건 네 놈 뿐이야."

"기다리느라 지쳤다고. 그럼 메인 게임을 시작해보자."

나는 자리에 앉았고 린과 로리 서큐버스가 내 뒤편에 섰다.

린은 조금이라도 자신의 몸을 숨기기 위해 나를 가리개로 쓰는 것 같았다.

내가 뒤를 돌아보려고 하자 린은 내 머리를 잡고 억지로 앞쪽으로 돌렸다.

"크어어, 목이! 아프잖아! 닳는 것도 아니니까 좀 보면 뭐 어때?"

"싫어! 다음에 또 돌아보면 네 눈알을 파버릴 거야!"

"거 되게 무섭네. 부끄러워서 그러는 건 이해하지만 말을 좀 가려서 하라고……. 그런데 왜 속옷 비슷한 걸 입고 있는 거야?"

“저기 말이죠. 린 씨가 「진 쪽이 부끄러운 복장을 하는 거야!」라고 말했어요. 저기, 그게, 휘말리고 말았어요…….”

“린, 너…….”

“어쩔 수 없잖아! 저 자식은 로리사에게 수치를 안겨주려고 했어. 그러니까 자기도 수치를 당해보게 만들고 싶었어.”

젠장, 항상 나한테 생각 없이 행동하지 말라고 말하던 본인이 이러면 어쩌냐고…….

어린애한테 져서 수치스러운 꼬락서니를 하게 된 린은 너무 부끄러운 나머지 금방이라도 기절할 것만 같았다.

내가 린의 에로틱한 모습을 보는 건 좋지만 다른 녀석들이 보는 건 열받는다. 빨리 결판을 내고 다시 옷을 입혀주도록 할까.

“기다리게 해서 미안해. 그럼 진짜 승부를 시작해보자고.”

“너무 쉽게 이겨서 재미가 없었어. 네놈은 나를 즐겁게 해줄 거야?”

레비 왕자는 3연승을 한 덕분에 기고만장해진 것 같았다. 뭐, 속임수를 썼으니 이기는 게 당연하지만…….

평소의 도박과는 다르게 절대 질 수 없는 승부다. 나에게 조금이라도 유리한 방법으로 싸우고 싶은걸.

“이럴 때, 바닐 님이 계셨다면 미래를 내다보는 눈으로 반드시 이기셨을 거예요.”

나도 로리 서큐버스의 말에 동의한다.

나리가 이길 방법을 알려준다면 내가 아무리 운이 없더라도 무조건 승리할 것이다.

"하지만 나리의 힘은 개인의 욕심을 채우기 위해 이용했다간 좋은 꼴을 보지 못 한다더라고. 나리한테 그 능력을 이용해 도박을 하면 금방 떼돈을 벌 수 있는 거 아니냐고 물어봤더니, 그렇게 말했어."

미래를 내다본다면 반드시 이길 수 있을 거라고 생각하지만 세상은 그렇게 녹록하지 않은 것 같았다.

하지만 이런 상황에서는 나리의 힘을 빌리고 싶다는 생각이…… 나리의 힘?

"그러고 보니, 나리가 내 점을 쳐주고 무슨 말을 했었지. 중요한 이야기였던 것 같은데……."

"아직도 못 정한 거야?"

레비 왕자가 짜증 섞인 목소리로 그렇게 말했다.

로리 서큐버스와 너무 오래 잡담을 나눈 것 같다.

"……그럼 카드 승부를 하는 게 어때?"

"설명해봐."

"룰은 단순명쾌해. 1에서 13까지의 숫자가 적힌 카드를 테이블에 깐 후, 서로가 한 장씩 뽑는 거야. 그리고 숫자가 큰 쪽이 이기는 거지. 하지만 가장 강한 카드인 13은 가장 약한 카드인 1에게만 져. 어때? 바보라도 이해할 수 있을 만큼 간단하지?"

나는 옆에 있던 카드를 직접 섞은 후 열세 장의 카드를 테이블 위에 깔았다.

내가 설명을 마치자 레비 왕자는 팔짱을 끼고 카드를 지그시 응시했다.

"승부는 몇 번 할 거지?"

"남자답게 단판 승부로 결판을 내자고."

"좋아. 한 장만 뽑으면 되는 거지?"

레비 왕자는 잠시 고민했지만 곧 카드 한 장을 뽑았다.

그럼 다음은 내 차례인가.

나는 뒤편에 있는 로리 서큐버스를 힐끔 쳐다보았다.

눈을 감고 깍지를 낀 그녀는 기도를 하고 있는 것 같았다. 악마가 대체 누구에게 기도를 하고 있는 건지 좀 궁금했다.

이기게만 해준다면 아쿠시즈 교도가 모시는 신인, 여신 아쿠아를 숭배할 마음도 있지만 아마 부질없는 짓일 것이다. 애초에 행운이 필요하다면 여신 에리스를 믿는 편이 낫다.

"진짜를 만난 적도 있으니 기도가 통할지도 모르지만…… 관둘래."

나는 치명적일 정도로 운이 없다.

그리고 분하지만 도박에도 재능이 없다.

그런 내가 여신에게 기도를 한다고 이길 수 있을 리가 없다. 그러니—.

"나는 이 카드로 하겠어!"

나는 선택한 카드 위에 손을 뒀다.

실력으로 승리를 거머쥘 수밖에 없다!

"우선 나부터 뒤집도록 할까. 그대로 되겠지?"

"선수는 양보하겠어."

레비 왕자가 뒤집은 카드에 적힌 숫자는— 13이었다.

자신의 카드를 본 레비 왕자는 승리를 확신한 건지 여유 넘치는 미소를 지었다.

이것으로 레비 왕자가 속임수를 쓰고 있다는 것이 확정됐다. 하지만 지적을 해본들 시치미만 뗄 것이다.

"어, 어이, 더스트! 큰일 난 거 아냐?!"

"당황하지 마, 키스. 테일러처럼 듬직하게 굴라고."

테일러는 바닥에 책상다리를 하고 앉은 채 상황을 묵묵히 지켜보고 있었다.

"하, 하지만 상대는 최강의 카드인 13을 뽑았단 말이야! 네가 이기기 위해서는 남은 열두 장 중에서 1을 뽑아야 하거든?! 그게 얼마나 확률이 낮은지 알기는 해?! 12분의 1이라고!"

"안 그래도 운이 나쁜 네가 이길 수 있는 거야?!"

키스와 린이 내 양옆에서 침을 튀기며 그렇게 외쳤다.

다른 두 사람이 어쩌고 있는지 쳐다봤는데 테일러는 묵묵히 기도를 올리고 있었고, 로리 서큐버스는 눈을 감은 채 천장을 올려다보고 있었다.

이 녀석들…… 나를 눈곱만큼도 안 믿는구나.

나는 시끄럽게 떠들어대는 동료들을 무시하며 팔짱을 꼈다. 그리고 테이블을 쳐다보고 앞으로 벌어질 상황을 망상했다.

궁지에 몰린 상황에서의 역전극. 그걸 해내야 진정한 갬블러라 할 수 있다고.

나는 크게 심호흡을 하면서 마음을 진정시킨 후, 승리를 확신하며 의기양양한 미소를 짓고 있는 저 밥맛인 꼬맹이와 시선을 마주했다.

저 건방진 표정이 울상으로 변하는 순간이 벌써부터 기대되는걸.

"왜 그래? 겁이라도 먹은 거야? 이 자리에서 무릎을 꿇고 빌면서 내 의뢰를 받아들인다면, 호의를 베풀 수도 있어."

"어이, 그런 꼴사나운 짓을……."

"자, 빨리 무릎 꿇어! 빨리 바닥에 이마를 비비며 아첨을 하란 말이야! 로리사를 구할 수만 있다면 그 정도는 아무것도 아니잖아!"

"아, 저희 바보가 폐를 끼쳤네요. 빨리 무릎 꿇고, 도련님의 신발을 광이 날 때까지 혀로 핥으라고!"

"이 바보들아! 방해하지 마!"

린과 키스가 내 머리를 움켜잡더니 억지로 고개를 숙이게 하려 했다.

내가 그 두 사람을 떨쳐내자 왕자의 호위로 보이는 사람이 승부를 방해하는 키스를 제압한 후 테일러가 있는 곳까지 끌고 갔다.

"야, 인마! 놓으란…… 아, 저기, 폭력 반대~."

저항을 하려던 키스는 험악한 인상의 호위가 노려보자 그대로 꼬리를 내렸다.

한편 로리 서큐버스는 울먹거리면서 나에게 뛰어오더니—.

"상대는 최강의 카드를 뽑았잖아요! 패배가 확정된 거나 다름없어요! 이제 이기기는 글렀다고요!"

내 목을 움켜쥐고 마구 흔들어댔다.

"나를 죽이려는 거냐?! 아직 승부는 끝나지 않았다고."

"하지만, 하지만 13은 최강의 카드잖아요. 이길 수 없단 말이에요!"

"룰을 안 들은 거야? 13은 최강이지만 유일하게 그 최강에게 이길 수 있는 카드가 있어."

로리 서큐버스는 내 말을 듣고서야 그게 생각이 난 건지, 눈물에 젖은 얼굴로 얼이 나간 표정을 지었다.

"그 정도는 알아요. 가장 강한 카드에게 이길 수 있는 건 가장 약한 1…… 앗, 가장 약한……!"

로리 서큐버스도 바닐 나리의 점이 생각난 건지 눈을 치켜뜨고 나를 응시했다.

"나한테는 행운의 여신의 가호 같은 건 없어. 하지만 그

대신…… 내 등 뒤에는 대악마 님이 계시다고!"

내가 확신을 가지고 뽑은 그 카드는— 가장 약한 카드인 1이었다.

"아, 아니?! 이 상황에서 가장 약한 1을 뽑았어?!"

승리를 확신하고 있던 레비 왕자가 의자에서 벌떡 일어나더니 내 카드를 손가락으로 가리키며 그대로 무너지듯 주저앉았다.

나는 레비 왕자가 13을 뽑았을 때부터 승리를 확신했다. 승부의 결과는 **처음부터 정해져 있었던 것이다**.

승리를 결정지은 건 바로 바닐 나리의 점이다.

『네 녀석은 그 승부에서 가장 약한 카드를 뽑을 운명이다!』

이 말을 떠올린 순간, 나는 이 승부 방법을 생각했다.

즉, 나는 가장 약한 카드를 뽑기로 확정되어 있는 것이다. 그리고 지금까지의 승부로 추정해볼 때, 레비 왕자는 속임수를 사용하여 최강의 카드를 뽑아서 나를 완전히 박살낼 것이 틀림없다.

그렇다면, 가장 약한 카드로도 이길 수 있는 룰의 승부를 벌이면 된다.

고마워, 바닐 나리!

"좋았어!"

내가 주먹을 치켜들고 뒤를 돌아본 순간…… 만면에 미소를 지은 동료들이 그대로 나에게 몰려들었다.

"이 자식, 진짜로 이겼잖아!"

"마지막에 제대로 폼 잡고 멋지게 결판을 냈구나!"

"만세! 해냈구나, 더스트!"

"꺄아아아아아! 대단해요! 정말 대단해요, 더스트 씨!"

감격한 로리 서큐버스가 내 목을 꼭 끌어안았다.

로리 서큐버스는 육감적이라는 말과는 거리가 멀지만 알몸이나 다름없는 옷차림으로 포옹하니 부드러운 감촉이 옷 너머로 느껴졌다.

"조금만 더 볼륨감이 있었다면 기뻤을 거야."

"방금 무슨 말 했어요?"

"아무 말도 안 했어."

로리 서큐버스의 미소가 무시무시했기에 나는 시치미를 뗐다.

"나는 또 졌어. 속임수를 쓰면서까지 이기려고 했는데, 카즈마 공의 친구에게도 이기지 못하다니……. 확 이 나라에서 도박을 금지해버릴까?"

자신감을 완전히 상실한 레비 왕자는 테이블에 넙죽 엎드린 채 꼼짝도 하지 않았다.

"어린애를 괴롭힌 것 같아서 죄책감이 어마어마하네. 저기, 뭐냐. 도박이라는 건 운에 좌지우지되는 거잖아. 그러니까 너무 낙심하지 마."

레비 왕자가 너무 안 되어 보여서 나는 무심코 위로를 했다.

그러고 보니 이 녀석은 카즈마한테도 도박으로 졌지.

레비 왕자가 불쌍하다는 생각이 든 나는 로리 서큐버스의 어깨에 손을 얹고 동료들과 약간 거리를 뒀다.

“어이, 네가 저 녀석 좀 위로해줘. 낙심한 남자를 기운 나게 만드는 마법의 말을 가르쳐줄게.”

로리 서큐버스에게 그 말을 알려주자 그녀의 표정이 싹 달라졌다.

그녀는 어이가 없다는 표정으로 나를 쳐다보면서 이렇게 말했다.

“저는 서큐버스니까, 그 정도는 아무것도 아니에요. 뭐, 어쩔 수 없죠. 제 실력을 보여줄게요.”

로리 서큐버스는 자신만만한 미소를 짓더니 왕자를 향해 걸어갔다.

“도련님, 도련님.”

“뭐야? 이제 죄를 묻지 않을 테니까 아무 데나 가버려. 원래부터 이기든 지든 풀어줄 생각이었지만 이 상황에서 그런 소리를 해봤자…… 더 비참할 뿐이네.”

레비 왕자는 공허한 표정을 지으며 고개를 들었고 로리 서큐버스는 미소를 지으면서 두 손으로 가슴을 꼭 모으는 포즈를 취했다.

“괜찮아요? 기운내세요. 가슴 주무를래요?”

낙심했을 때는 가슴이 최고지!

사춘기 꼬맹이한테 이 유혹은 엄청 효과적일 것이다.

"……주무를 수도 없을 만큼 작잖아."

"……윽?!"

"어, 어이. 그 말은 금기라고."

그 잔혹한 말을 듣고 다시 울상을 지은 로리 서큐버스가 레비 왕자를 두들겨 패려고 했고, 나는 허둥지둥 그녀를 말렸다.

"이러지 마! 저 녀석을 때렸다간, 일이 복잡해질 거라고!"

"어린애한테까지, 무시당했어! 어린애한테까지, 무시당했단 말이야! 우에에에에엥!"

나는 엉엉 울며 저항하는 로리 서큐버스를 억지로 끌고 갔다.

에필로그

"그건 그렇고, 역전승을 할 줄은 몰랐네. 어째서 이긴 건지는 여전히 모르겠지만 말이야! 아무튼 이겼으니 됐어! 푸하하하하하!"

기분이 좋아 보이는 키스가 술이 가득 담긴 잔을 치켜들었다.

""""건배!""""

우리도 잔을 들어 승리를 축하했다.

이곳은 엘로드에 있는 술집이고 우리는 이곳에서 승리 축하 파티 중이었다.

레비 왕자가 사례금이라며 꽤 큰돈을 준 덕분에 의뢰에 실패해서 손해 본 금액을 메울 수 있었다.

그 돈으로 나는 동료들과 엘로드에서의 마지막 밤을 즐겁게 보내고 있었다.

"하지만 승부 운이 없으면서 용케도 이겼네."

"악운 하나는 끝내주게 강한 녀석이잖아!"

실은 바닐 나리의 점 덕분이지만 말해줄 필요는 없을 것이다.

"즉, 나의 천재적 두뇌가 빛을 발한 거라고!"

"알았다, 알았어. 우연이기는 해도 이겨서 참 좋겠네."

"이번에는 칭찬해주겠어. 더스트답지 않게 잘했다고!"

"그래. 멋진 승리였지."

솔직하게 칭찬할 줄 모르는 동료들이지만 오늘은 용서해주기로 했다. 기분이 끝내주거든!

우리는 그 후로 밤이 깊을 때까지 술을 마셨고 동료들은 그대로 술에 취해 뻗어버렸다.

나는 술도 깰 겸 여관 밖으로 나갔다.

"오~, 오늘은 보름달이 떴네."

하늘에는 동그란 달이 떠있었다.

술 때문에 달아오른 몸에 밤바람이 닿아서 기분이 좋았다.

"달이 참 아름답네요."

"뭐하고 있는 거야?"

고개를 들어보니 여관 지붕에 걸터앉은 로리 서큐버스가 나를 내려다보고 있었다.

그녀가 가게에서 입는 서큐버스 복장으로 요염한 미소를 짓자, 딴사람 같아 보일 정도로 요염했다. 그 바람에 잠시 동안 눈을 떼지 못했다.

"더스트 씨는 알고 있나요? 서큐버스는 보름달 밤에 마음이 달아오르면서 흥분해요."

로리 서큐버스는 그렇게 말하고 지붕에서 내려왔다.

그리고 나에게 기대서더니 손가락으로 내 볼을 매만졌다.

"왜 그 소중한 검을 걸면서까지 승부를 한 거예요? 검보다…… 제가 더……."

나를 응시하고 있는 로리 서큐버스의 촉촉하게 젖은 눈에 보름달이 비쳤다.

나는 로리 서큐버스의 어깨를 움켜잡은 후 몸을 옆으로 비틀었다.

"우웨에에에에에에에엑."

아무래도 한계였던 것 같다. 로리 서큐버스의 입에서 대량의 토사물이 쏟아져 나왔다.

"과음했나 보네. 그렇게 술을 마신 상태에서 뱃속이 뒤흔들렸으니, 토하는 게 당연하잖아."

"제성헤요……."

나는 로리 서큐버스가 전부 토할 때까지 등을 문질러준 후 업어줄까 하다가 관뒀다.

그리고 그녀의 무릎 안쪽과 등에 상냥히 손을 둘렀다.

"어, 더스트 씨?"

공주님을 지켜보라는 의뢰는 달성하지 못했지만, 그 대신 지금 이 순간만 너한테 공주님 대접을 해주겠어.

■작가 후기

놀랍게도 4권에 돌입했습니다.

더스트는 글을 쓰면 쓸수록 애착이 가는 매력적인 캐릭터입니다. 약간 쓰레기 같은 짓을 해도 용납된다는 점이 참 재미있고, 그래서 매번 무모한 짓을 시키고 있습니다.

3권은 아이리스와 얽힌 이야기였으니 4권은 엘로드로 향한 아이리스와 카즈마 일행을 더스트 일행이 몰래 감시하는 게 어떻겠냐고 생각했습니다. 제삼자의 관점에서 본 그들의 행동이 얼마나 엉망진창인지 재확인할 수 있을 것 같았죠.

그리고 더스트의 동료인데도 존재감이 옅은 테일러와 키스의 분량을 늘렸습니다. 두 사람의 활약? 도 기대해 주십시오.

분량하니 생각이 난 건데, 이번 권에서는 「이멋세」 최고의 변태로 소문난 그도 등장합니다. 실은 2권에서 등장시킬 예정이었습니다만 안 그래도 존재감이 엄청난 아쿠시즈 교도들 뿐만 아니라 그도 등장했다간 더스트 일행이 완전히 묻혀버릴 것 같아서 자제했습니다.

그 대신 4권에서 대활약을 했습니다. 저는 이 캐릭터를 좋아해서 언젠가 꼭 등장시키고 싶다는 열망을 가지고 있었기에, 이렇게 출연시켜서 정말 기쁩니다.

그러고 보니 4권에 대해 이야기한다면 로리사, 아니, 로리 서큐버스도 빼먹을 수 없죠. 그녀는 이번에 여러모로 활약해줬습니다. 로리 서큐버스는 더스트와 콤비를 짜기 쉬운 캐릭터라서 꽤 마음에 듭니다.

4권 내용에 대한 이야기는 이쯤에서 끝내기로 하고 독자 여러분에게 이야기드릴 일이 있습니다. 실은 드라마CD 녹음에 참가했습니다!

이야~, 성우 분들의 연기를 직접 보며 감동하다 못해 아예 압도당했습니다.

더스트는 그야말로 완벽한 더스트였고, 린은 깜짝 놀라 정도로 린이었던 데다, 로리 서큐버스도 사랑스러운 로리 서큐버스였으며, 테일러는 고지식한 테일러이고, 키스는 기분파인 키스였습니다!(어휘력 부족)

너무 긴장해서 제가 무슨 말을 했는지 기억나지 않지만 정말 귀중한 경험을 했습니다.

매번 자유롭게 써도 된다 말씀해주시는 아카츠키 나츠메 선생님께는 항상 진심으로 감사드리고 있습니다. 이번 권을 쓰면서 느낀 겁니다만 러그크래프트가 없어졌으니 엘로드라는 나라는 쇠퇴할 것 같군요……. 레비 왕자, 파이팅!

미시마 쿠로네 선생님. 「이멋세」 14권에 실린 융융의 일러스트는 최고였습니다! 카즈마 일행을 비롯한 메인 캐릭터도 정말 멋지지만 「어리석은 자」에 자주 나오는 융융의 그림을 보면 정말 기쁩니다.

유우키 하구레 선생님께서 그린 에로틱하면서도 귀여운 그림도 매번 마음껏 즐기고 있습니다! 쭉쭉빵빵도 좋지만 로리 서큐버스 같은 조신한 가슴도 끝내준다고 생각합니다.

신간에 실린 미시마 쿠로네 선생님의 그림을 보고 히죽댄 후, 유우키 하구레 선생님이 그린 그림을 볼 수 있는 이 상황은 정말 행복 그 자체라 생각합니다.

스니커 편집부 여러분, 악전고투라 해도 과언이 아닌 이번 집필 과정에서 신세를 진 담당 편집자 M씨, 이 책의 발간에 관여해주신 많은 분들. 특히 드라마CD에서 캐릭터에 생명을 불어넣어주신 분들. 진심으로 감사드립니다.

그리고 4권을 구매해주신 독자 여러분에게 감사드립니다!

히루쿠마

수녀복을 입고
부끄러워할 줄이야….
다양한 로리사를 그릴 수
있어서 즐거웠습니다.
유우키 하구레
『어리석은 자』, 4권 발매
축하드립니다!
코미컬라이즈에 이어
드라마CD까지 나왔군요!
보, 본편이 잡아먹히지 않도록
힘내겠습니다……!
아카츠키 나츠메
4권 발매 축하드립니다~!!
이번 드라마CD를 통해
드디어 린에게도 목소리가!
『어리석은 자』는, 역시 본편에서
볼 수 없는 더스트의 활약과
하구레 선생님의 일러스트를
즐길 수 있어 좋다고 생각합니다!
미시마 쿠로네

■역자 후기

안녕하십니까. 근로청년 번역가 이승원입니다.

『저 어리석은 자에게도 각광을!』 4권을 구매해주셔서 진심으로 감사드립니다.

정신을 차리고 보니 어느새 여름이 코앞까지 다가왔습니다.

올해도 엄청난 더위가 예상되는지라 정신 바짝 차리자고 다짐하고 있습니다. 큰맘 먹고 어머니 방 에어컨도 새것으로 바꿔드렸죠. 이제 「더위야, 덤벼봐라!」라고 외쳤는데…… 밤이 되니 춥습니다, AHAHA.

잠을 자다 몸이 오들오들 떨려서 부리나케 전기장판을 다시 꺼내는 사태가 벌어졌죠.

으으, 5월 달에 열대야인 날도 있었는데, 6월에 이렇게 쌀쌀할 줄은 생각도 못했습니다. 하지만 곧 있으면 지옥의 더위가 시작될 텐데…… 아무튼 저는 더위에 지지 않고 열심히 일하겠습니다!

독자 여러분도 더위 따위는 초전박살내시길! 때때로 에어컨 결계(?) 안으로 대피하는 것도 잊지 마십시오!

그럼 본편에 관한 이야기를 해볼까 합니다.

스포일러가 포함되어 있을 수도 있으니 본편을 읽지 않으신 분들은 유의해주시길!

이번 권은 카즈마 일행 감시편! 이었습니다. 사고뭉치인 카즈마 일행이 아이리스에게 나쁜 영향을 줄까 걱정한 레인이 더스트 일행을 고용해서 카즈마 녀석들을 감시하게 한 거죠. 하지만…… 레인은 판단 미스를 범했습니다. 그녀가 의뢰한 파티에도 카즈마 못지않은 사고뭉치가 있다는 사실을 말이죠.^^

게다가 서큐버스 가게 지점 관련으로 엘로드에 가게 된 로리 서큐버스까지 동행을 하게 되면서, 이 폭탄의 도화선은 더욱 짧아졌습니다. 그리고…… 폭탄은 자기 본분을 다하듯 결국 터지고 말았죠. 그 폭발의 위력은…… 상상을 초월했습니다. 결국 임무도 망치고, 감옥에 갇히는 신세가 된 더스트. 하지만 더스트란 캐릭터는 이렇게 쓰레기 짓을 해도 미워할 수가 없죠. 할 때는 하는 모습을 보여주며 또 마지막에 자기 주가를 원상복귀(그래봤자 바닥) 시키는 모습은 정말 매력적이었습니다.

카지노의 나라에서 펼쳐지는 더스트의 폭주! 그리고 더스트 이상 가는 변태이신 『그분』의 대활약! 독자 여러분께서도 즐겨주시길 진심으로 빕니다.

그럼 이만 줄이겠습니다.

『이멋세』의 스핀오프를 저에게 맡겨주신 L노벨 편집부 여러분. 감사합니다. 앞으로도 잘 부탁드립니다.

마감 지옥에서 허덕이는 역자를 뷔페로 납치(?)해간 악우여. 고맙다. 덕분에 에너지 보충했어……. 다음에는 내가 맛난 거를 살게.^^

마지막으로 언제나 제게 버팀목이 되어주시는 어머니와 『저 어리석은 자에게도 각광을!』을 읽어주신 모든 분들에게 진심으로 감사드립니다.

언젠가 나올 거라 믿어 의심치 않는 『저 어리석은 자에게도 각광을!』 5권의 역자 후기 코너에서 다시 뵙겠습니다!

2019년 6월 초

역자 이승원 올림

저 어리석은 자에게도 각광을! 4
무승전패의 갬블러

초판 1쇄 발행 2019년 7월 10일

지은이_ Hirukuma
일러스트_ Hagure Yuuki
원작_ Natsume Akatsuki
캐릭터원안_ Kurone Mishima
옮긴이_ 이승원

발행인_ 신현호
편집국장_ 김은주
편집진행_ 최은진 · 김기준 · 김승신 · 원현선 · 권세라
편집디자인_ 양우연
국제업무_ 정아라 · 전은지
관리 · 영업_ 김민원 · 조인희

펴낸곳_ (주)디앤씨미디어
등록_ 2002년 4월 25일 제20-260호
주소_ 서울시 구로구 디지털로 26길 111 JnK디지털타워 503호
전화_ 02-333-2513(대표)
팩시밀리_ 02-333-2514
이메일_ lnovelpiya@naver.com
L노벨 공식 카페_ http://cafe.naver.com/lnovel11

ISBN 979-11-278-5131-6 04830
ISBN 979-11-278-4526-1 (세트)

값 7,000원

L NOVEL

너를 잊는 법을 가르쳐 줘 1권

아마사키 미리토 지음 | 플라이 일러스트 | 이진주 옮김

"남은 수명은 앞으로 반 년—. 나는 이대로 죽을 생각이었다."
대학을 중퇴하고 백수가 되어, 살 가치가 없다고 느끼던 마츠모토 슈는
오랜 친구인 토미 씨의 권유로 모교인 중학교를 방문한다.
그곳에는 연예인이 된 운명의 소꿉친구, 키리야마 사야네가 있었는데…….
이 만남이 또다시 슈의 운명을 움직이게 한다.
『천재이기에 고독한 히로인과 범재이기에 고뇌하는 주인공.
두 사람의 엇갈림과 에두른 청춘에 끌려 들어갔습니다.』
『도망치고 도망치고 계속 도망쳐 온 쓰레기에게 남은 단 하나의 약속.
가슴이 뜨거워졌습니다.』
발매 전부터 수많은 감동사연이 올라온 작품.

**잡지 못했던 기회, 한 차례 뭔가를 포기해버렸던 사람들에게 보내는
어른들의 청춘스토리.**

L NOVEL

라이트노벨의 새로운 빛! L노벨의 신간은 매월 10일에 발매됩니다. http://cafe.naver.com/lnovel11

녹을 먹는 비스코
2 혈박(血迫)! 초선력(超仙力) 켈싱하
코부쿠보 신지
SHINJI COBKUBO PRESENTS
[일러스트] 아카기시K
[세계관 일러스트] mocha
ILLUSTRATED BY
K AKAGISHI & MOCHA

L NOVEL

아라포 현자의 이세계 생활 일기 1~5권

코토부키 야스키요 지음 | JohnDee 일러스트 | 김장준 옮김

정리해고 당한 후, 매일 밭을 돌보며 『제로스 멀린』으로서
게임에 빠져 살던 백수 아저씨, 오사코 사토시(40세).
오리지널 마법을 만들어 명실상부 톱 플레이어가 된 그는
최종 보스를 무난하게 공략하지만
로그인 중 발생한 어떤 사고로 생을 마감한다.
그는 홀로 죽었다고 생각했지만,
정신을 차리고 보니 거대한 산림 지대의 한가운데에 서 있었다.
이세계 여신의 말에 따르면 그는 게임 속 능력을 이어받아 전생했다고 한다.
대산림 지대에서 서바이벌을 거치고 전(前) 공작 노인과 만난 제로스는
현자로서 능력을 인정받아 마법을 쓰지 못하는 소녀의
가정교사 일을 의뢰받는데—?!
"나는 평온한 일상이 인생의 모토인데……."

마흔 살 현자의 이세계 생활 일기 개시!